读客悬疑文库
认准读客读悬疑,本本都是大师级。

大山誠一郎
诡计博物馆

[日]大山诚一郎 著　吕平 译

赤い博物館

上海文艺出版社

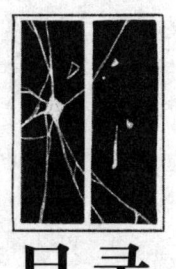

目录

面包的赎金	001
复仇日记	069
直到死亡之日	133
烈焰	185
至死不渝的追问	219

面包的赎金

1

寺田聪站在锈迹斑斑的铁门前，深深地叹了口气。

即便冬日的晴空澄澈剔透、万里无云，也无法缓解此刻他心中的郁结。

三鹰市一个幽静的住宅区一角，一道皲裂的水泥墙围出了这块大约一千平方米的区域。透过铁门，一幢由红砖筑成的三层建筑物映入眼帘，看上去得有半个世纪的历史了。铁门旁边的柱子上布满了斑驳的文字，依稀能够辨认出上面写的是"警视厅附属犯罪资料馆"。

从今天起，自己就要来这里走马上任了。

"你被调到犯罪资料馆了，下周一就去报到吧。"

"犯罪资料馆？为什么这么突然……"

"为什么？你还是好好想想自己做了些什么吧！"

和系长的对话像放电影似的浮上脑海，心情也随之渐渐地降到了冰点。

寺田聪按了按门柱上的门铃。

"您好？"从里面传来一个沙哑的声音。

"您好，我是今天刚刚调职到这里的寺田聪巡查部长。"

"啊，您辛苦了。我马上给您开门。"

从建筑物的正门里，走出了一个身穿门卫制服的小个子老人。虽然这个老人看上去已年过七旬，脸上也挂着一副含饴弄孙的慈祥模样，但眼神敏锐得很。门卫老人走到门前，掏出钥匙打开门锁，随即拉开了滑动式的大门，向寺田聪做了个里面请的手势。

"馆长正等着您呢，请跟我来！"

寺田聪跟着门卫老人走进正门。眼前是一处有四个车位宽的停车场，不过现在只停着一辆破破烂烂的白色小货车。

登上五级石阶，就是正面玄关的门。这扇大木门被门棂分成好几个区域，嵌着茶色玻璃，很多地方都已经褪色了。

一踏进木门，光线顿时昏暗下来，周身都氤氲着古旧楼宇特有的气味。走廊的墙壁上满是点点污渍，宽阔的走廊笔直延伸到深处。屏息聆听，整个建筑里面没有一丁点声响。这与寺田聪之前所供职的搜查一课[1]简直不可同日而语。

进了门，右手边是门卫室，左手边是洗手间。此刻，只见一位穿着清洁工衣服的中年妇女一手拎着水桶、一手拿着拖把从洗手间里面走了出来。她一头卷发，看上去大概五十岁的样子，一见到寺田聪，便瞬间来了精神，露出一副垂涎欲滴的表情。

"你就是新调到我们这儿来的帅哥吧？个子又高，又有男人味儿，正是我喜欢的类型！"

有没有搞错啊，这位大姐？！

---

[1] 搜查一课，隶属于日本警视厅刑事部，专门负责侦查严重案件，包括杀人、抢劫、强奸、绑架或纵火等罪行。

"我叫中川贵美子。高贵的贵,美人的美,贵美子。这名字很符合我的气质吧?你可要好好记住哦!"

"好,好。那个,我叫寺田聪。"

"连名字都这么独一无二呢!"

中川贵美子把手伸进腰包摸索了几下,掏出一块糖,热情地说:"来来来,吃块糖吧!"寺田聪见她还戴着刚才打扫洗手间时用的橡胶手套,礼貌地谢绝了。看着这一幕,门卫老人一脸苦笑。

走廊尽头的右手边就是"馆长室"了。他们来到门前,门卫老人敲了敲门。

"请进。"房间里传来了一个低沉的声音。

"有劳了。"寺田聪对门卫老人道了声谢,便开门走了进去。

馆长的房间有十几平方米那么大。门对面的墙上和左手边的墙上都有窗户,但是都拉着百叶窗,寸光难入。另外两面墙上则摆着高大的书架,上面塞满了各种文书。房间的正中央、面向大门的位置,一个女人正端坐在黑檀木办公桌后面聚精会神地翻阅文件。

——雪女。

寺田聪的脑海里突然产生了这般联想,不知是不是因为这个女人一袭白衣的缘故。抑或是因为她那苍白到毫无血色的皮肤和妖冶的黑色披肩长发?再或是她那看不出年龄、宛若人偶般冷淡端庄的面容给人带来的错觉?

女人用手轻轻扶了扶无框眼镜,直勾勾地盯着寺田聪。在那精致的双眼皮和细长的睫毛下,一双大大的眼睛如黑洞般深不可测,仿佛一不小心就会被它吸入其中。

"我是今天起调到这里工作的寺田聪巡查部长,请多关照!"

寺田聪努力驱散种种错觉,大声自我介绍道。

"我叫绯色冴子,是这里的馆长。请多关照。"

那个女人没有过多的寒暄,语调也异常冷淡。说完,她的目光又落回在眼前的文件上。

"我之前在搜查一课工作,从未接触过证物保管方面的工作。初来乍到,可能会有一些做得不周到的地方,但我会竭尽全力努力工作的。"

寺田聪口是心非地说。

绯色冴子没有任何反应,依然默默地读她的文件。

整个房间里充满了无声的尴尬。一般来说,在这种情况下,新上司不是应该说些"加油啊!"之类的客套话吗?

"那个,今天需要我做什么工作呢?"

"有问题要问你。"

绯色冴子的目光终于离开了桌面上的文件。

"问题?"

"女清洁工在给你递糖块时用的是左手还是右手?"

"——啊?"

这个问题完全出乎寺田聪的预料。她到底想问什么呢?寺田聪起初还以为是句玩笑话,但绯色冴子那苍白到毫无表情的面孔没有一丝笑意。

"左手?右手?到底是用哪只手给你递的糖块?"

馆长又问了一遍。虽然此前寺田聪根本就没有留意过这些细节,但还是努力从记忆的藤蔓中回忆摸索,试图找出刚才那一幕的线索。

"左手。"

"糖纸是什么颜色的?"

"紫色。"

"门卫敲这个房间的门时总共敲了几次？"

"三次。"

寺田聪终于明白了，馆长这是在考验自己的观察力和记忆力。这也就是说，馆长事前就已经给门卫和清洁工安排好了指示。

馆长的红唇微微翕动，也许算是给了寺田聪一个微笑吧。

"合格。欢迎来到'赤色博物馆'。"

位于东京三鹰市的警视厅附属犯罪资料馆通称"赤色博物馆"，负责保管警视厅侦办案件的各类证物（凶器、遗物等）和搜查资料。案件发生一段时间之后，赤色博物馆会从案件所属警署接收这些证物，用于调查、研究及搜查员的培训，以便为今后的案件搜查提供帮助。该馆设立于1956年，名称效仿伦敦警察局犯罪博物馆——也叫"黑色博物馆"。不过，与在世界上享有盛誉的黑色博物馆有所不同的是，赤色博物馆虽然最初的定位是开展"调查、研究、培训"工作，但现在实际上已经沦落为证物仓库。整个博物馆在职的正式员工只有馆长和馆长助理两个人。说实话，在这里工作就是份闲差。

之前在搜查一课工作时，寺田聪也曾对这个犯罪资料馆有所耳闻。但毕竟当时身在核心部门的搜查一课，便觉得这里跟自己不可能产生任何关系，所以也从未关注过。他做梦也想不到自己有朝一日竟然会跟犯罪资料馆扯上关系——直到上周五。

新年伊始，寺田聪就在工作上出现了重大失误。在搜查一个抢劫伤人嫌疑犯的住处时，他不慎把带去的搜查文件落在了现场。与嫌疑犯同居的女人用手机拍下搜查文件的照片并将之上传到了某个网站。尽管警视厅在发现后第一时间便联系该网站将照片紧急删除，但还是为时已晚，那些照片早已被传播到了其他网站、期刊杂志、电视节目，甚至连报纸都就此做出了相关报道。各类媒体充斥着"搜查员怎么会犯如此低级的错误？""难道新年伊始就开始疏于管理了？"之类的责问。更不用说无数的博客和社交软件了，它们把这起事件演绎得更加滑稽可笑。即便警视厅已经利用职权之便对媒体施加压力，以期减少这起事件的曝光率，但成效依然微乎其微——整个事件已经失控了。

在出现失误后的三个星期里，寺田聪在办公室里可谓如坐针毡，对自己的疏忽懊悔不已。其他同事都到现场搜查去了，而他却被命令留在办公室整理资料，不能参加任何现场搜查工作。然后，上周五，他被上司——第三强行犯[1]搜查第八系的系长传唤。系长开门见山地说：

"你被调到犯罪资料馆了，下周一就去报到吧。"

"犯罪资料馆？为什么这么突然……"

"为什么？你还是好好想想自己做了些什么吧！"

"真的对不起，请再给我一次机会吧！"

"机会？别开玩笑了！"

系长今尾正行警部[2]生气地盯着寺田聪。

"就因为你一个人的失误，整个警视厅都遭受到舆论抨击，成了世人的笑柄。警视厅上下的脸都被你给丢尽了，你还配继续

---

[1] 强行犯系，隶属警视厅刑事部搜查课的一个小组，具体负责侦办强盗、杀人、绑架、性侵等重大案件。
[2] 警部，日本警察的警衔，其职位在警察本部或警视厅就是某系的系长或者某课的课长补佐。日本警察阶级从低到高依次为：巡查——巡查长——巡查部长——警部补——警部——警视——警视正——警视长——警视监——警视总监。

留在搜查一课吗？！"

在系长毫不留情的言辞下，再加之深深的自责，寺田聪无言以对。他之所以会成为警察，就是为了有朝一日能够当上刑警，而不是去当一个证物保管员。然而这次，无论他如何去认错自省，系长都摆出一副"这已经决定好了"的态度，毫无商量的余地。搜查一课成员的西服领子上都佩有一枚"S1S"的徽章，这是搜查一课英文"Search 1 Select"的缩写，也是搜查一课身份的象征。寺田聪只得把这枚引以为傲的徽章交还给了系长，然后在同事们怜悯的目光下黯然离开了。

寺田聪觉得，因为一份搜查文件被调去当证物保管员简直是上天跟自己开的一个恶劣的玩笑。要不然直接辞职吧？寺田聪在家里一边喝着闷酒一边想。但毕竟一直以来，自己都是把刑警当作天职来看待的，一时半会儿还真不知道辞职后还能做些什么。思来想去，虽然不情愿去犯罪资料馆上班，但寺田聪还是决定下周一去报到。他告诉自己，总有一天要再次回到搜查一课，哪怕去警署当个搜查员也可以，总之一定要再次回归刑警的队伍。

在说完"欢迎来到'赤色博物馆'"后，绯色冴子接着说了声"跟我来"，便走出了房间。白衣下摆随步舞动，隐约可见匀称漂亮的小腿线条。她的脚步非常快，寺田聪只得连忙跟了上去。虽然她身高只有大约一米六五，但因为身材苗条的缘故，反倒让人感觉比实际身高高了不少。

整个资料馆从一楼到三楼共有十四个保管室。每个保管室里都陈列着很多排金属架，架子上摆满了塑料证物箱，里面装着各类证物和搜查资料。为了防止证物被侵蚀，所有证物都分别封装在聚乙烯材质的袋子里。一般情况下，每个案件的证物都要放在单独的证物箱里，不过也有些大案件可能需要十几个证物箱来存放资料。再者，如果证物太大，证物箱实在装不下的话，只放进塑料袋里也可以。当看到一个三亿日元案件的证物时，寺田聪确实有些震撼。资料馆保存了自1956年设立以来，东京都发生的所有案件的证据和搜查文件，数量多达数十万件。

所有保管室里的气温都非常舒适。经过询问，寺田聪得知，原来保管室全年气温都控制在22摄氏度，相对湿度55%。据说这是最合适的证物保管环境。

"保管、管理证物和搜查文件，具体要做些什么呢？"

"贴标签。"

"……贴标签？"

"为了更方便地管理证物，现在都是在装有证物的袋子上贴上二维码标签，用扫码枪一扫就可以在电脑上查出证物的基本信息。你知道CCRS吧？"

"知道。"寺田聪回答。所谓CCRS，就是Criminal Case Retrieval System的缩写，即刑事案件检索系统。二战后，警视厅把管辖区域内的所有刑事案件都录入了该系统。系统里包含了案件名、案发时间、地点、被害人姓名（如果是杀人案，还包括死因）、犯罪手法、罪犯姓名等基本信息。案件名为在设置搜查本部时所提出的所谓"法名"。警视厅下属的各警署、法医、研究机构都能通过系统终端访问到这些数据。

"我们现在正在构建的数据库就是以CCRS为基础。请你负责贴标签和信息录入。馆长室隔壁就是助理室，你用那里的电脑就可以。"

"……我知道了。"

就让我做这么单调又没技术含量的工作？寺田聪恨不得现在就一走了之，但还是强忍了下来，对自己一遍遍地说"总有一天会再次回到搜查领域的"。

"还有,工作时请换上白色衣服。我之所以会穿白色衣服,是为了防止衣服上附着的各种污渍污染到证物。请你也要做到。"

饶了我吧!寺田聪心想。要是两个馆员都穿上白衣服,简直就像是在玩医生的角色扮演嘛!

就这样,在赤色博物馆的工作生涯正式开始了。

把一宗宗案件的证物箱从保管室搬到助理室,再把一个个证物袋贴上二维码标签,将馆长通过电子邮件发来的案件信息与之一一对应。完成这些流程之后,把证物箱搬回保管室,再把下一宗案件的证物箱搬到助理室……日复一日,每天都是如此。

这里朝九晚五,没有加班。在搜查一课时,一旦有案件发生就得没日没夜地调查,经常加班到深夜,甚至还得在办公室凑合过夜。和搜查一课的工作节奏相比,现在简直有一百八十度的转变。

每天早上9点,当寺田聪来到办公室的时候,绯色冴子就已经坐在馆长室工作了。而到了下午5点半,寺田聪下班的时候,她依然在那里埋头工作。所以,寺田聪从来没有见过她穿其他衣服的样子。可仅仅是负责保管证物和搜查资料,又怎会忙成这样呢?寺田聪觉得不可思议。他仔细观察了一段时间后才发现,她对每一份搜查文件都读得非常仔细。为了总结案件概要,阅读搜查文件的确必不可少,但她的读法远远超过了必要的程度。难道说,阅读枯燥无味的搜查文件也是她的兴趣所在吗?她究竟在想些什么呢?

寺田聪几乎没和绯色冴子交谈过,除非必要,她也基本不说话。而且,就算跟她说话,她也经常充耳不闻地继续看文件。更多的时候,寺田聪都是在跟清洁工中川贵美子和门卫大塚庆次郎聊天。另外,绯色冴子脸上从未有过笑容,总是一副冷淡的表情,好像面部肌肉欠缺微笑这一机能。

有一天,寺田聪像往常一样跟请他吃糖的中川贵美子聊天,问起馆长是什么样的人。

"她可是高级公务员。警衔已经到警视了,是个非常聪明的人呢。"贵美子放下拖把和水桶,像介绍自己一样扬扬得意地回答道。

"……高级公务员?"

寺田聪感到非常吃惊。通过国家公务员第一类考试(2012年起改为综合职称考试)进入警视厅的"高级公务员",在全国二十五万警察官中仅有五百多名,是当之无愧的精英。他们在进入警视厅时就被授予警部补的警衔,再接受警察大学课程教育。结束管辖警察署现场研修后,就能得到警部警衔。绯色冴子成为警部后的第四年就自动晋升为警视(现在制度改革后改为七年),再过几年,便可到全国各地担任要职。他们晋升的速度非常快,是寺田聪这种从基层干起的人不敢想象的,与其说是警察,不如说是警察官僚。与其他警察负责的现场工作相比,他们负责组织管理警察。高级公务员竟然担任犯罪资料馆馆长这样的闲职,真是独此一例。

"高级公务员怎么会在这种地方当馆长?"

"什么叫这种地方?犯罪资料馆可是崇高的地方啊。"中川贵美子有些嗔怒,鼓着脸说。

"啊,没错。对不起。但是,如果是警视级的高级公务员,应该可以担任警视厅副课长,或者在都道府县任警察课长,最不济也能在中小规模警察署任署长。我觉得警视级别的犯罪资料馆馆长很少见。"

"是吗?那些我就不懂了。她已经在这里当了八年的馆长了。"

"八年?!"

寺田聪再次被惊到了。在馆长岗位上这么长时间没有调动也算是个特例。虽然寺田聪知道她的沟通能力十分匮乏,但也不至于无能到这种地步吧?

"我是三年前来这里当清洁工的。第一次见到馆长时,我曾经问过她在这里工作多久了,她说已经五年了。遇到馆长,我觉得非常幸运。"

"幸运?"

"对啊,馆长可真是大美女啊。"

"……是啊。"

"能在这样的美女手下工作,真是幸福啊。"

"……是啊。"

"虽然她话不多,表情也冷冰冰的,但是很酷,难道不就是个活生生的冰山美人吗?我可喜欢了。"

"……是吗?"

对寺田聪来说,有一点是不会变的——那就是无论雪女怎么貌美,他都不想遇到她。

"话说回来,上一任馆长助理是什么样的人?"

"不是那种能干的人,经常打瞌睡,想着法儿偷懒,净干些蠢事,做事一点都不认真。在这里待了不到半年就辞职了。"

"那个人来这里之前在哪里?"

"听说他在警视厅的总务部。"

"再之前的助理呢？"

"据说是从大森警署来的。也是那种不会做事的人，半年左右就辞职了。"

寺田聪想，一定是因为管理证物和搜查文件的工作实在太沉闷，再加上还得天天面对一个面无表情、无法交流的馆长，他们才待不下去的。这里和最近被媒体炒得沸沸扬扬的企业"逼退室"[1]一样，警视厅难道不就是要把这里当作"逼退室"吗？正因为馆长是这里必不可少的道具，所以这个高级公务员级别的馆长八年都没有升迁。想到今后的日子，寺田聪不禁暗自神伤。

---

1 日本企业很多都实行终身雇佣制。当公司想辞退某些员工，而员工又不愿提前退休时，公司就把他们安排到所谓的"逼退室"，让他们觉得太过无聊且感到羞耻而自行辞职。

2

　　在案发后经过一定时间，证物和搜查文件才会被移交到犯罪资料馆保管。对于杀人案来说，案发十五年后才进行证物移交。这是因为在2004年刑事诉讼法修正前，杀人罪的公诉时效是十五年。总而言之，一旦到了规定时间，证物和搜查文件就会被收进这个资料馆。2004年刑事诉讼法修正，将杀人罪的公诉时效延长到二十五年，而2010年刑事诉讼法修正时直接废除了杀人罪的公诉时效，但是犯罪资料馆还是沿用了杀人案十五年后移交证物的规定。对于那些失去公诉时效的杀人案件来说，如果没有搜查资料，恐怕会对继续搜查造成影响，所以要复印搜查资料并将复印件存放到犯罪资料馆里。

　　因为证物和搜查文件起初都保管在案件所属警署，所以到了移交日期，犯罪资料馆会负责派人收取证物和搜查文件。这自然就成了寺田聪的工作。

　　2月25日早晨，寺田聪开着那辆破旧的小货车前往品川警署领取一宗十五年前案件的证物。这辆小货车是犯罪资料馆唯一一辆公务车。

品川警署位于东品川三丁目。寺田聪到了品川警署，把车停好，然后到一楼接待处，自报家门说"我是犯罪资料馆的"。在负责管理证物保管库的刑事课长的陪同下，寺田聪领取了证物和清单。同时，也领取了案件搜查文件的复印件。

夹克、西装、衬衫、内衣、鞋子、袜子、手套、眼镜、立体口罩、带血的刀子、手提箱、针，这些证物都一一装在聚乙烯塑料袋里。这些是1998年"中岛面包公司恐吓·社长遇害案"的证物。虽然案发当时寺田聪还是名中学生，但他还记得当时媒体对案件的大肆报道。

刚回到犯罪资料馆的停车场，绯色冴子就走了出来。寺田聪和她一起把证物从小货车上卸下来，搬到一楼助理室，放到工作台上。绯色冴子戴上手套后，从聚乙烯塑料袋里逐一取出证物，对照清单开始确认。这时，她苍白的脸上微微泛起一丝红晕。这位毫无情感可言的馆长只有在这时才露出兴奋的神色。

首先，是被害人社长的衣物。绿色迷彩夹克的内衬是黑色的，看上去两面都能穿的样子，应该是双面夹克。焦茶色的阿玛尼西装，棉质白色衬衣，以及同样材质的白色内衣。衣物从里到外都很时髦，只不过沾染上了干涸的血迹。约翰·罗布的黑色绅士鞋，白袜子，皮手套，古驰眼镜，立体口罩，大概是用来预防花粉症的吧。接下来是社长用来运送现金的零·哈里伯顿铝制手提箱，沾染血迹的刀子，刀刃长度大约有十二三厘米。最后是被放进被害人公司生产的面包里的东西——一束用橡皮圈捆起来的十几根针。

突然，馆长的手停了下来。寺田聪抬眼望去，只见她敏锐的目光正注视着证物，但看不出她究竟在盯着哪一件。

"关于这起案件，你了解多少？"

"也就只知道些皮毛……在警校的时候曾经简要地学习过这起案件。就企业恐吓案而言，据说是仅次于格力高·森永案件的重大案件。"

"明天之前把搜查资料读完，全面掌握这起案件的具体情况。至于贴标签、录入信息之类的工作倒是可以先放放。"

"明天之前？为什么？"

绯色冴子没有理会他，只是一直盯着眼前的证物。看样子，这次十有八九都问不出什么了。寺田聪叹了口气，拿起这些复印好的搜查资料。

回到助理室，寺田聪开始读了起来。

案件发生在1998年2月。

东证·大证主板上市的企业——中岛面包股份公司，也就是受害企业，当时的年销售额已经高达六千二百亿日元，在职员工有一万七千余人，是当之无愧的业内佼佼者。

而在2月1日到2月8日期间，东京都内的各大超市却接连发生十四起在中岛面包公司生产的商品中发现钢针的事件。因为包装袋上有钢针穿过之后才会留下的小孔，所以投针肯定是在成品包装之后，也就是成品入库、在途配送、店面管理环节出现了纰漏。中岛面包公司花费了三天时间对工厂责任部门人员和运输业者进行了调查，同时加强了工厂仓库的监视。尽管如此，这一事件依然被媒体大肆报道，其恶劣影响继续发酵，导致中岛面包的销量直线下滑。

2月10日，公司总部收到了一份快递，信封上只打印着"中岛面包股份公司亲启"的字样，却没有留下寄信人的姓名。信封是秘书打开的，他在看了信里的内容之后吓得脸色煞白。那是犯人发来的恐吓信。

> 如果希望我停止在面包里面继续扎针，烦请贵公司支付一亿日元。

虽然恐吓信上是这么写的，但是并没有提及具体的收付方式。社长当即决定报警。接到报警的警视厅判断这不是单纯的妨碍业务事件，而已经进入了恐吓案件的范畴，决定设置搜查本部。考虑到中岛面包公司位于品川站前，隶属于品川警察署的管辖范围，便将搜查本部设在了品川警察署。警视厅的搜查一课也派遣了专门负责劫持人质案件、绑架案件、企业恐吓案件的特殊犯罪搜查人员前往支援。

中岛面包公司召开了紧急董事会，一致同意支付这一亿日元的勒索金。虽然中岛面包公司是东证·大证主板上市的大型企业，却是典型的家族企业，时任社长中岛弘树是创办人三代中的一把手，专务[1]高木祐介是他的表弟。据说他们两人的对峙剑拔弩张，就连公司内部也分成了社长派和专务派两股势力。即便如此，在支付一亿日元勒索金这件事上，他们却难得地达成了一致。这起案件已经使公司蒙受了数亿日元的损失，他们已经没有时间再去终止销售和回收商品了。

考虑到犯人也许会再次通过电话进行联络，搜查本部便给包括

---

[1] 专务，日韩股份公司职务名，比社长低一级。

社长在内的公司高层的住宅电话安装了录音设备，以便通过NTT[1]逆向锁定犯人所处的位置。然而，犯人却再也没有打电话过来。

信封和恐吓信上的字都是打印出来的。不过，这种型号的打印机是市面上常见的型号，因此很难凭此追查到购买者的信息。而不管是信封上还是恐吓信上，都没有留下犯人的指纹痕迹。

搜查本部调取了事发超市的监控录像，由于人流量众多、画面不清等众多因素，始终无法确定嫌疑人。

随后，2月18日，犯人有了新的动态。就在当天，公司收到了犯人的第二封恐吓信。

> 把钱装进手提箱里。2月21日星期六晚上7点，社长带上手提箱从家里亲自驾车出发，沿着第一京滨大道一路向北。至于之后怎么走，届时会给出指示。

同样的纸张，同样的信封，同样的打印机，一切都与第一封恐吓信相同。同样地，犯人这次依然没有留下指纹。

虽然恐吓信里说"届时会给出指示"，但三天过去了，犯人却没有任何联络。2月21日晚上7点，中岛社长如约将装着一亿日元现金的手提箱带上了自己的丰田Celsior私家车，从位于大田区山王二丁目的家中驱车出发了。

中岛社长在衣领下安装了微型麦克风。如此一来，在他与犯人见面或通话的时候，搜查员就能通过麦克风窃听到他们的对话内容，不过，由于微型麦克风的发射范围只有区区数米，电波十分微弱，只好又安排了一名搜查员躲在Celsior汽车的后座底下，以

---

[1] 日本电报电话公司（Nippon Telegraph & Telephone），简称NTT。

便将听到的内容用便携型无线对讲机传达给搜查本部。

中岛社长的汽车刚一出门,追踪组的车队便悄悄地跟了上去。因为事先已经对追踪组的警车进行了精心伪装,所以从外观看上去,已与普通车辆无异。Celsior汽车和追踪车队一起开进了第一京滨大道,随后一路向北驶去。

晚上7点10分,车刚刚驶过南品川四丁目的十字路口,中岛社长的手机突然响了起来。

"现在怎么办?"

中岛社长向躺在后座底下的搜查员询问道。

"很有可能是犯人打来的。请先靠路边停车接电话。"

搜查员回答。

于是,中岛社长赶紧把车停在路边接听电话。果不其然,的确是犯人打来的。

"8点10分之前把车开到千叶县我孙子市市政府前。"

像是使用了氦气而变得尖锐的声音在下达了指令之后便挂断了电话。搜查员从中岛社长那里听取了通话的内容,马上把对话内容用无线对讲机汇报给了搜查本部。

这么一来,搜查本部大大缩小了嫌犯的范围。犯人知道社长的手机号码,所以应该是社长身边的人,而且刻意变声也恰恰印证了这一点。

遵从犯人的指令,Celsior汽车进入了山手道,从芝浦照明行向首都高速,一路向我孙子市前进。追踪组的车陆陆续续地换了好几拨,继续尾随而行。

晚上8点02分,车子终于抵达了我孙子市市政府的大门前。8点10分,犯人给社长的手机打了第二个电话。

"现在告知最终目的地。先穿过手贺大桥,然后沿着八号县道南下，在大岛田的十字路口左转进入国道十六号线，随后在第三个路口左转。再往前开一点，就能看见右手边有一座废弃的别墅，你进去那里接头。"

对方说完，就挂断了电话。在接到来自后座底下搜查员发来的情报之后，搜查本部的气氛紧张了起来。警务人员开始在地图上寻找目的地，同时指示监视组的搜查人员抢先赶往目的地展开调查。

社长再次驱车出发。8点20分，手机再次来电。他把车停在了路边，开始接听电话。

"那一亿日元，已经准备好了吧？"

还是那个尖锐的声音。

"当然。这可是关系到公司一万七千名员工的生计大事，我不可能拿这种事开玩笑。"

"知道就好。务必送来。"

说完，电话再次挂断了。

晚上8点30分，Celsior汽车抵达了指定的废弃别墅。别墅坐落在与道路相隔的一片田地里，二层洋房依山而建，门窗紧闭，窗帘合幕，满目疮痍，看上去已经有半个世纪的历史了。别墅周围是一片广阔的林地。

从公路到别墅，大概有二十米的距离，其间只有一条狭窄的通道。社长把车停在了那条狭窄的通道岔口。路上，不用说人，就连车子也十分罕见。放眼望去，四周人迹罕至，就连最近的人家也相距一百米。熄火落定，寂静随之袭来。

此时，已有两名现场监视组的搜查员抵达别墅周围进行监视。他们潜伏在田地里，留意着四周的风吹草动。

"那么，我就过去了。"

社长用颤抖的声音说。

"请务必当心。一旦有情况发生就马上大声呼叫。那个别墅离这里有二十米远,虽然咱们有微型麦克风,但遗憾的是信号传输范围有限,不过只要你大声呼叫,我们肯定能够听到。放心吧,我们的搜查员已经埋伏好了,一旦听见呼救,立刻就会赶过去帮忙。"

"谢谢!"

中岛社长下了车,拎着手提箱,向狭窄的田间小道走去。躺在后座底下的搜查员微微抬起头从车窗目送着他离去。

社长穿过古朴的木门,来到玄关前。推开玄关大门,依稀晃过一个模糊的影子。因为别墅没有通电,所以犯人好像准备了某种照明工具。未知的黑暗让社长犹豫不决,但最终,他还是选择了走进去。关上门,门口又陷入了无尽的黑暗。

终于到了最后关头!无论是现场的两个搜查员,还是潜藏在Celsior汽车后座底下的搜查员,都屏息凝神,紧张地守望着别墅里的动静。

然而,社长在进入别墅之后,却始终没有出来。别墅里究竟发生了什么?毕竟隔着二十米的距离,实在没法通过微型麦克风接收到任何声音。尽管此前曾叮嘱过社长一旦发生紧急情况就大声呼救,却也听不到社长的声音。

搜查本部很是着急,想让搜查员攻入别墅确认事态,却又担心这是犯人精心设下的陷阱。比如说,万一犯人在别墅中留下纸条,要求社长安静地等待犯人前来,如果此时强行攻入,岂不是打草惊蛇、前功尽弃了吗?

如此僵持了三十分钟,搜查本部终于忍无可忍,命令在场监视的两位搜查员潜入别墅了解情况。埋伏在别墅周遭的两位监视组成员从藏身的田地里站起身来,向废弃别墅支援而去。

打开玄关大门，偌大的大厅里开着四盏灯。大厅正中的地板上，社长的手提箱赫然在目，里面的一亿日元一分没少。离奇的是，社长却人间蒸发了。

此时，潜藏在Celsior汽车后座底下的搜查员也随即赶到。三名搜查员拿着手电筒，把别墅上上下下翻了个底朝天，却仍没找到社长的身影。社长戴在身上的微型麦克风也没有传来任何声音。得知现场状况，搜查本部一片哗然。

三名搜查员将排查范围扩大到了别墅外面的林地，终于在那里发现了一个防空洞。其中一个入口，就开在了别墅后门旁边的地面上。搜查员打开入口的门盖，里面一片漆黑，一条楼梯向幽黑的地下伸去。借助手电的微弱光芒，搜查员走下楼梯。楼梯的尽头是一个十平方米左右的空间，里面空荡荡的，压根就没有社长的身影。楼梯的正对面，还有一条通道向反方向延伸而去。搜查员们又沿着这条通道搜了十米左右，一扇门挡住了他们的去路。推开门一看，才发现已然来到了树林之中。防空洞一直延伸到别墅区域之外。

沿着树林径直搜去，不远处竟然有一条公路。三名搜查员分头寻找社长的下落，却依然一无所获。社长是被犯人开车带走了吗？搜查本部压根就不知道这个防空洞的存在，直接被犯人耍得团团转。

会不会是犯人在别墅的大厅里留下字条，要求中岛社长只身一人穿过防空洞前往最终目的地呢？考虑到天色已晚，防空洞里又是漆黑一片，除了纸条之外，也许还放置了手电筒也说不定。再或者，犯人自己潜入别墅，挟持社长一同穿过防空洞。可不管是哪种情况，那纹丝未动的一亿日元始终是个未解的谜团。好不容易才弄到手的钱，犯人为什么不把它带走呢？

诡计博物馆

在千叶县警方的协助下，搜查本部对周围一带实施了紧急部署，对来往车辆也进行了询问盘查，但依然没能找到载着中岛社长的车辆。社长进入别墅的时间是8点30分，而搜查员们发现防空洞是在9点20分以后。在这五十多分钟的时间里，足够犯人带着社长逃之夭夭，他们很可能已经突破封锁线的范围了。

最坏的事情还是发生了。第二天早上6点之后，在位于东京都足利区的荒川河岸边，发现了中岛社长遇害的尸体。死因是一把小刀刺入了他的左胸。推定死亡时间是前一天，也就是21日晚上的8点到9点之间。社长是8点30分抵达别墅的，所以死亡时间可以进一步缩小到8点半到9点之间。社长进入别墅之后，是只身一人去了防空洞，还是被犯人挟持去的？一切都是未知。唯一可以确定的是，刚到9点钟他就遭遇了谋杀！随后，犯人用车载着社长的尸体来到江北桥绿地，弃尸荒野……

3

最终，那天的工作时间全都花在了阅读这份搜查资料上。起初，寺田聪还有点心不在焉，但不知什么时候开始感觉越读越有意思了。不知不觉已经到了晚上8点，他还在加班阅读，不仅如此，甚至还把资料带回了家。午夜1点过后，他终于掌握了资料上的全部内容。

第二天早上上班的时候，像往常一样，绯色冴子已经坐进了馆长室。见寺田聪走了进来，她连早上好都没说，直接问了句："搜查资料都读完了吗？"

"嗯。"

"案件的来龙去脉已经记在脑子里了吧？"

"差不多吧。"

"说来听听。"

寺田聪滔滔不绝地从案件的发生说到了发现社长的尸体，可绯色冴子只是面无表情地听着。

"那么，这之后的调查呢？"

"首先，那间废弃的别墅就有问题。它是战前建造的别墅，直到案件发生的十年前都还有人住。十年前别墅主人去世，这里便成了空房。防空洞是太平洋战争的末期才挖掘的，有两个出入口。据说是因为当时别墅的主人担心空袭炸毁唯一的出口堵住去路，才这样设计的。防空洞的地板有清扫过的痕迹，蜘蛛网也被清理过。应该是犯人为了抹去脚印，已经清理了现场。

"犯人预料到警察会尾随监视交易现场，才将地点选在了这座废弃别墅。因为别墅附近的防空洞有两个出入口，所以即便被警察监视，也能通过防空洞来掩人耳目、夺取现金。虽然不知道犯人是通过什么途径知道有这么个地方存在的，但他肯定是有备而来。"

"那么案发当时，这座别墅的所有者是谁呢？"

"是一名住在兵库县加古川市的男性，也就是案发十年前这座别墅主人的外甥。不过，根据调查，无论是在中岛面包公司所产的面包发现钢针的2月1日到2月8日之间，还是在中岛社长遇害的2月21日，他都有完美的不在场证明。顺便提一句，从案发的两年前开始，三村不动产就计划在废弃别墅一带区域建造一座大规模的折扣商场，事发后，这个外甥便把这所废弃别墅给卖掉了。2001年，由三村不动产承建的超级奥特莱斯购物中心手贺沼南盛大开业，当时的交易现场已经不存在了。在知道废弃房屋存在的这一点上，搜查本部也曾猜测犯人是否就是这个折扣商场的相关人员，但无论如何都查不到嫌犯的蛛丝马迹。"

"关于中岛社长遇害的理由，搜查本部是怎么考虑的呢？对恐吓者来说，杀害社长是百害而无一利的。社长的遇害让中岛面包公司的态度瞬间强硬起来，不仅拒绝支付一亿日元现金，而且拒绝再与恐吓者发生任何交易。此外，恐吓者的罪名也从恐吓罪升级成了故意杀人罪，情形恶劣了许多。犯人为什么还要去杀害中岛社长呢？"

"一开始，搜查本部推测是社长在遇到恐吓者时发现了对方是熟人，然后恐吓者为了封口才杀人灭口的。如果是这种情况，杀人只是一时冲动之下的激情杀人，而非预谋杀害，所以犯人才会在明知对自己不利的情况下选择杀人灭口。搜查本部是这么解释的。"

"不过，搜查本部对于恐吓的事实也是心存疑虑吧？"

"是的。毕竟那一亿日元被原封不动地留在了废弃别墅。即便是犯人留下纸条指示社长前往防空洞，社长也应该带上手提箱前往，不可能把它留在别墅的大厅里。倘若是犯人自己潜入别墅带着社长穿过防空洞，那也该把一亿日元一起带走。当然，还有另外一种可能，就是犯人在废弃别墅的时候就被社长识破了身份，为了封口才选择杀人灭口，可即便如此，犯人也没有理由把钱留下。但是，现金最终还是被留下了，这是铁打的事实。所以不管如何考虑，都只有一种可能——"

"犯人的真实目的只有一个，那就是杀害社长。至于企业恐吓什么的，只不过是用来隐藏犯罪动机的幌子。"

"没错。从一开始犯人就是冲着社长来的，这一点显而易见。可如果是单纯的杀人，犯罪动机很容易就暴露了，所以才会借着企业恐吓的幌子隐藏自己的真正目的。"

"中岛社长的尸体上应该少了某个东西，那是什么？"

"手机。因为社长把手机装在了裤子皮带上的手机套里，所以犯人不太可能在搬运尸体的时候不小心遗失。如此一来，犯人很可能是把手机带走了，至于原因，搜查本部认为手机上保存了于犯人而言不利的信息。比如说，犯人是个看上去与社长没有交集，但实际上却与他走得很近的人物。为了防止手机上的通话记录暴露身份，所以才会将手机带走。这也不是没有可能。"

"不过，就算犯人拿走了手机，也还是能够从电信公司查到通话记录——只要拿到搜查令，这些信息唾手可得。那么调查结果又如何呢？"

"警方调查了过去整整一年的通话记录，但从结果看来，并没有那种看上去没什么关系的人和社长通过话。此外，社长的手机，在案发当天只有犯人打来的三个电话，连一个打出的电话都没有。而且当天也没有任何收发短信的记录。"

"也就是说，犯人压根就没有理由带走社长的手机吧。"

"没错。虽说现在的手机有摄像功能，但这种功能也是从案发的第二年，也就是1999年才有的。所以犯人也没有因为怕被社长拍下犯罪证据而带走手机的可能。当然，因为当时的手机也没有录音功能，所以社长也不可能录下犯人的声音。总之，犯人究竟为何会拿走手机，这依然是个未解之谜。"

"既然已经去电信公司调查过通话记录，那么肯定已经知道犯人的手机号码了。关于这点，又有什么发现？"

"犯人通话时使用的是预付费手机。虽然能够顺着电话号码查到当时购买手机的销售点，但当时购买预付费手机无需提供身份证明，所以无法锁定购买者。手机销售点的监控录像倒是能保存一周之内的记录，但犯人的手机是在一个月之前卖出的，所以依然一无所获。

"此外，在调查了手机基站的信号记录之后发现，那部预付费手机拨出电话的地点是不断变化的。犯人总共给中岛社长打了三个电话，7点10分的电话是在JR[1]大森站附近打的，8点10分的那

---

1 日本铁路公司（Japan Railways）的简称。

一通电话是在JR武藏境站附近打的，8点20分的电话是从武藏野市的境南町附近打来的。由此可见，犯人的行踪是按这个顺序移动的。从大森站到武藏野站，如果犯人是沿京滨东北线、山手线、中央线换乘的，那么需要不到一个小时的时间。考虑到境南町是武藏境站南侧的一大片区域，犯人应该于7点10分就在大森站附近拨打了第一个电话，然后换乘JR抵达武藏境站，8点10分在这附近拨打了第二个电话，随后在8点20分，也就是在列车驶向南方的境南町途中拨打了第三个电话。"

"在给中岛面包公司寄去恐吓信之后，直到2月21日晚上7点10分，犯人都没有主动联系过中岛面包公司。这又是为了什么？"

"因为如果在那个时候给社长家里打电话，肯定会被等在那里的警察逆向追踪位置，而且会被录音。通过氦气或者变声器可以改变声音，却无法改变声纹。一旦犯人在搜查范围内出现，就有可能因为声纹分析而暴露身份。

"如果是给手机打电话，那么虽然不能进行逆向追踪，却依然可以通过运营商的信号基站查询到嫌犯的位置。而且一旦在手机上连接了录音装置，也会存在被录音的可能性。所以在那段时间里，犯人连社长的手机都没有拨打过。2月21日晚上7点10分，社长已经驾车出发，手机也没法再连接到录音设备，所以犯人第一次给社长打了电话。

"不过，对于犯人来说，给社长的手机打电话也是一把双刃剑。因为知道中岛社长手机号码的人员毕竟有限，所以嫌犯的范围也会因此缩小。再者，犯人使用氦气改变了自己的声音，更加说明了他就是社长身边的熟人。"

"作为最大嫌疑人浮出水面的是谁？"

"专务高木祐介。虽然他是被害人的表弟，但在公司内部的对立却是剑拔弩张。如果是高木祐介的话，他肯定知道社长的手机号码，而且他也有杀人动机。一旦表哥死了，登上社长宝座的人可就是他了。为了掩盖这个显而易见的动机，他才会使用企业恐吓的障眼法杀人。至少搜查本部是这么认为的。

"但是，高木祐介的不在场证明可是铁证如山。案发当晚的8点25分，他曾造访过中岛面包公司的营业部长——安田俊一的住所，之后在那里一直待到11点多。高木和安田是围棋棋友，每周六都会对弈几局。根据安田的证词，专务来到之后，两人就一直在下棋。虽然中途两人曾各自离席过几次，但都是为了上厕所之类的小事，最多也就是离开两三分钟的样子。

"因为社长的死亡推定时间是从8点30分到9点之间，所以高木祐介是不可能杀人的。就算让社长来到安田家附近，想要在离席的两三分钟里将其杀害也是不现实的。安田家在武藏野市，距离交易现场的废弃别墅足足有五十公里，8点30分才到达别墅的社长，是无论如何都不可能在9点之前赶到安田家附近的。

"当然，搜查本部也探讨过安田作伪证的可能性。会不会是专务以公司内部晋升作为诱饵串通安田来作伪证呢？毕竟安田在事发两年前就已经离婚，此后便一直独居，关于高木的来访时间也全是他的一面之词。搜查本部也对他进行了严密盘查，但他坚决不改自己的证词。

"不过，虽然高木能够在安田的不在场证明下得以脱身，但安田没有自己在家的不在场证明。警方对高木的疑心愈发强烈了。话又说回来，安田的住宅在武藏野市境南町的四丁目，正如先前猜测的那样，犯人是乘坐JR从大森站出发，然后到武藏野站下车，最后才转车向车站南方的境南町驶去。而且在事发当天，高木在时间和路线上的行踪也大体如此。

"当时，高木和当时的妻子住在鹤见站附近的公寓里。高木不会开车，所以只能乘坐电车前往。于是，从鹤见站乘坐京滨东北线，然后途经大森站，随后在武藏境站下车造访安田家，行进路线和犯人完全相同。不过，如果高木是晚上7点左右从家出发的，那么像上述那样从鹤见站上车，此后沿着京滨东北线一路前进，乘车时间恐怕会比犯人还晚一班。如此一来，在犯人打来的三个电话当中，7点10分和8点10分正是乘车时间，恐怕是没法打出电话的。在拥挤混乱的电车中打电话胁迫勒索更是无稽之谈。不过，说不定他是在比7点早一些的时间离开公寓的，这样，他就可以搭乘早一班的电车了。这么一来，从大森站下车之后的7点10分，他就可以拨出第一个电话，然后搭乘犯人乘坐的那班电车到武藏野境站下车，随后在8点10分拨出第二个电话。总之，虽然高木摆脱了杀害表哥的罪名，但无法洗脱给表哥拨打电话的嫌疑。在搜查本部顺藤摸瓜地追问高木时，他却矢口否认了。

"没过多久，搜查本部又遭遇了一个重大打击——3月25日，也就是在社长遇害后的一个多月，安田被发现溺亡在自家的浴池中。因为安田在23日和24日连续两天无故旷工，他的下属觉得不太对劲，便到其家中询问情况，这才发现了安田死亡的事实。化验结果显示，安田血液中的酒精浓度高达0.27%。警方在客厅的茶几上发现了盛装威士忌的空酒瓶及酒杯，很可能是他自己在烂醉如泥的状态下洗澡溺亡的。若是这样，就无法弄清他是否作了伪证。此外，又没有能够指证高木祐介罪行的其他证据，对他的怀疑可谓是彻底触礁了。"

"据说，在中岛面包公司内部曾流传着一种传言，说安田是被专务给溺死的？"

"没错。但是，根据搜查本部的缜密侦查，发现安田的死亡只是一场单纯的意外事故。自打在东京的各大超市发现钢针插入事件以来，作为营业部长，安田一直在为控制事态而四处奔波，甚至还曾与特殊犯搜查科的搜查员以及社长一同前往事发超市进行现场查验，这些工作都是十分劳心伤神的。再加上涉嫌作伪证而被搜查本部严厉盘问，事发之时，安田已经有些神经衰弱了。或许这才是事故的真正原因。"

"除了专务以外，还有谁有杀害社长的嫌疑动机？"

"没有了。在事发后的十五年间，陆续有两万多名搜查员参与这起案件的调查。事发三年后威力妨害业务罪的公诉时效到期，事发七年后恐吓罪的公诉时效也已到期。至于杀人罪，由于2010年修正的刑事诉讼法明确规定废除此项的公诉时效，所以继续搜查课至今仍在开展继续搜查工作，不过依然没有什么进展……"

"情况了解得不错。"

绯色冴子面无表情地说。被馆长表扬，这还是头一回，寺田聪都有些受宠若惊了。然而，接下来的一句话却让他大吃一惊。绯色冴子大大的眼睛转向寺田聪，这样说道：

"那么，就开始再次搜查吧。"

"——再次搜查？什么意思，就是说要从头开始再次调查案件吗？"

"没错。"

"可是，继续搜查课的人正在做这件事呀。"

"继续搜查课的人已经走进死胡同了,所以不能指望他们找出真相。"

"这倒是不假啦。不过,为什么我们犯罪资料馆还要进行再次搜查呢?"

"我一直认为,这里是防止犯人逃脱法网的最后壁垒。每当有陷入迷局的疑案证物被送到这里来的时候,我都会重新整理案件的脉络。虽然很多时候也没有什么新发现,但是偶尔也会有些新的思路。从新的视角去审视整个案件,可能就会找到通往终点的路径。我就是要赌一赌这种可能性。"

寺田聪终于明白了绯色冴子经常阅读搜查资料的理由,原来她是想对那些悬而未决的案件进行再次搜查,所以才会每时每刻都在阅读搜查资料。不过,她毕竟是高级公务员出身,主要职务应该是负责警察系统的组织管理,而不是从事具体的搜查工作。最多也就是在实习期的半年时间里被分配到所辖警署的搜查课或地域课挂个闲职,被奉为座上宾不说,就算偶尔出外勤也只是去呼吸一下案发现场的空气而已。让这种人进行再次搜查?别逗了!寺田聪差点笑出声来。她被这种痴人说梦的妄想推动,每天阅读大量的搜查资料也就罢了,毕竟也算是个人自由,但若还想把自己的妄想付诸实践,那可就太愚蠢了。寺田聪决定,不管怎样都得说服馆长放弃再次搜查的念头。

"为什么偏要对这个案件进行再次调查呢?为了这个案件,前前后后已经动用了两万余人的警力,耗费了十五年的光阴。尽管如此,至今依然悬而未决。况且我们是昨天才接触到这个案件的,还能做些什么?连继续搜查课的人都做不到的事,咱们两个能做到才怪。还是说,你有了所谓的'新思路'?"

寺田聪毫不掩饰话语中的讥讽意味,但绯色冴子苍白的脸颊依然冷若冰霜。

"没错。看了证物之后,我才注意到……"

"注意到了什么?什么东西?"

"现在还不能说。"

寺田聪怒上心头。这家伙,难不成还想装成名侦探?故弄玄虚也要适可而止!

"总之,再次搜查什么的根本就行不通。再说了,馆长您之前有过再次搜查的实战经验吗?"

"之前,身边有优秀的助理时也曾进行过几次,当然,也取得了一定成果。"

真的假的?

"以前有过,那最近呢?"

"最近没有。上边一般不会派优秀的人才到我们这里来。即便下达了再次搜查的指示,他们也会嚷嚷着'做不到'之类拒绝执行,然后就辞职走人了。"

那是再正常不过的反应了。直到现在,寺田聪才算是弄明白了那些助理接二连三辞职的原因。

"所以我才想方设法要调来一名优秀的搜查员成为我的助理。一个真正优秀的搜查员,无论被安排在哪个岗位都会恪尽职守。一般而言,被调到我们这里来的人都是和原部门闹僵了的人。而既优秀又被原部门抛弃的人才,就只有一种可能了——那就是这个人才在工作中犯下重大失误,才会到我们这里来屈就。为了找到这个人才,我可是费了一番工夫哦。"

"……您、您这是在说我吗?"

"没错。正因为你是个优秀的搜查员,所以才会被调来这里。"

自打来到赤色博物馆的那天起,寺田聪心中的某种东西就被冰冷地封印了。而此时此刻,它却出其不意地微微跃动了一下,虽然只是那么一下,一小下。

"那么,你愿意按照我的指示开展再次搜查工作吗?"

"遵命。"寺田聪叹了口气,回答说。

4

由于2010年修正并公布实施的刑事诉讼法废除了杀人罪的诉讼时效,所以中岛弘树社长遇害一案的杀人罪依然在诉讼时效内。因此,迄今为止,品川警署设立的继续搜查课仍在追查该案的真凶。

在品川警署的接待处,寺田聪向前台接待人员出示了自己的警察证。

"请帮我找一下负责继续搜查中岛面包公司社长遇害案的鸟井警部补,谢谢。"

接待员的眼中写满了好奇,似乎对前一天曾前来造访过的寺田聪还有些印象。她把寺田聪引进了接待室。

三分钟后,接待室的门打开了,一位五十多岁、中等身材的男子走了进来。他相貌平平,留着板寸头,就是那种混在人群中马上就找不到了的类型。不过对于一名优秀的搜查员来说,这种大众化的外形却是必不可少的条件之一。

"我是继续搜查课的鸟井。"

"我是犯罪资料馆的寺田聪。感谢您百忙之中抽空配合我们工作。"寺田聪迅速从沙发上起身问好。

根据绯色冴子的指示,他第一个要见的就是这位鸟井警部补。根据搜查资料显示,案发当时藏身于社长Celsior汽车后座之下的那位搜查员,正是眼前的这位鸟井警部补。他当时的职务是搜查一课特殊犯搜查一系的主任。根据绯色冴子所言,在这起绑架案和企业恐吓案当中,鸟井乘坐运送现金的车辆,承担向搜查本部传达现场状况的重要任务。寺田聪感到十分震惊,因为这些信息在案卷上并没有记载。向她打听消息来源,绯色冴子却轻描淡写地说是从熟人那里搞来的情报。

"昨天不是已经把和案件有关的证物移交给你们赤色博物馆了吗?今天又找我有何贵干?"

鸟井警部补略带轻蔑地问道。

"虽然我们的工作是保管和整理证物,但还是有必要了解一下案件的来龙去脉。所以有些问题还想向警部补请教。"

"如果想了解案件的来龙去脉,回去翻翻搜查资料就足够了。复印件已经交到你们手上了吧?"

"是的,已经交给我们了。但是我们馆长也说了,还是当面问您一下会比较好。"

凭什么自己要低声下气地跟他说话?连寺田聪自己都开始有点讨厌自己了。

"馆长?就是绯色冴子那个怪女人吧?明明是个高级公务员,却自降身价跑去赤色博物馆待着,而且好像还乐不思蜀了。"

就"怪人"这点而言,寺田聪也深有同感。

"那么,你们想具体问我些什么呢?"

"我想问一下,案发当晚,是您和社长一起上了运送现金的车辆吧？根据犯人的指示，要求社长在晚上7点钟将一亿日元现金带上车出发，沿着第一京滨大道一路向北。首先我想确认的是，出发之前，只有您和社长两个人在场吗？"

"没错。还差五分钟不到7点的时候，社长拿着装有一亿日元现金的手提箱，和我一起去车库开车。社长的衣领下面装了微型麦克风，我则戴着接听信息用的耳机。我把毛毯铺在车后座下的地板上，然后躺了上去。到了7点钟左右，社长就开车出发了。"

"社长当时的状态怎样？"

"他好像很紧张，嘴里不停地念叨着'能不能行啊，能不能行啊'。不过这倒也不难理解，毕竟手上提着一亿日元的现金，肩上还扛着一万七千名员工的生计重担嘛。"

"就只是这种紧张？还有没有对自身性命受到威胁的恐惧呢？"

"应该没有吧。恐怕他做梦都想不到自己会有去无回。"

"晚上7点10分，犯人第一次拨打中岛社长的手机，对吗？"

"嗯。社长急忙把车停在路边接听了电话。因为犯人使用氦气改变了自己的声音，我记得当时他还小声嘟哝了句'什么玩意儿，怎么会是这种声音'。社长在回答完'我知道了'之后回头看了看我，告诉我犯人让他在8点10分之前赶到千叶县的我孙子市市政府门口。于是我便用无线对讲机将情况立即汇报给了搜查本部。犯人思虑缜密，等车开出社长家之后才用手机给他打电话。因为车上没有录音装置，就没法给犯人录音了。若是现在的话就好了，手机都有录音功能，但十五年前的手机没有这个功能。"

"那之后，车就一直朝向我孙子市市政府开去了吧？"

"嗯。社长在导航仪里设置了目的地，然后就根据导航提示赶路了。"

"那段时间，您跟社长有过交流吗？"

"几乎没有。我这边一直忙着和搜查本部保持联络，虽然也曾向社长解释后面尾随的那些不是可疑车辆，而是追踪组伪装成的普通车辆为我们保驾护航，请他不用担心，但他好像满脑子都是和犯人交易的事，头疼得很，应该也没怎么听进去吧。"

"晚上8点02分，你们到达了我孙子市市政府的门口，没错吧？"

"嗯。社长把车停在路边，等待犯人再次联络。大约8点10分，犯人拨通了社长的手机，让社长往八号县道和十六号国道的交叉口方向开去，同时还指定了附近的一座废弃别墅作为交易地点。我马上用无线对讲机向搜查本部汇报了这个情况。搜查本部紧急查看了现场地图，并派出两名现场监视组的搜查员予以支援。"

"犯人在8点20分还打了个电话过来吧？"

"犯人向社长确认是不是真的带了一亿日元现金过来，社长回答'当然带了'。两分钟过后，我就收到了现场监视组的信息，说他们已经到了别墅附近开始监控周围的情况了。社长很紧张，问我犯人会不会已经发现了搜查员。我让他放心，毕竟能进现场监视组的搜查员都是训练有素的精英，对这种工作都是驾轻就熟。"

"然后在8点30分，汽车抵达了废弃别墅？"

"没错。别墅和道路之间隔了一片田地，大约有二十米的距离。那幢别墅是栋二层小楼，而且破破烂烂的，看上去至少有好几年都没人居住了。社长下了车，戴上手套，提着手提箱，非常不安地走向了田野深处的小路。我从后座底下微微立起身来，为了不被犯人发现，只是悄悄抬头往窗外看了看，目送着社长的背影推开房门进入到别墅里边去。

"可是都过去了三十分钟,社长还是没有出来,我也隐隐觉得有些不安了。毕竟社长身上的微型麦克风的信号传送范围不过只有几米,我的耳机始终无法接收到信号。万一社长遭遇不测,也没法通过这种方式给我传递信息。于是我便用无线对讲机及时联系了搜查本部,经搜查本部决定,先由距离别墅较近的现场监视组的两名搜查员——新藤和金平先行潜入打探情况,我随后下车前去支援。

"进入别墅之后,我发现先一步进来的新藤和金平都站在大厅的正中间,带来的那个装着一亿日元钞票的手提箱就搁在那儿,附近却没有发现社长的踪影。于是我们三人分头寻找,但上上下下都搜过了,连社长的影儿都没看见。客厅、客房、厨房、书房、浴室、厕所……就连壁橱都翻了个底朝天,可还是没有看见社长。而且我的耳机也接收不到麦克风传来的任何信号。我们把情况汇报给本部之后,搜查本部也乱成了一锅粥。

"我们觉得社长可能已经离开了别墅,于是立刻就到别墅外面寻找,四处搜寻了一圈,最后在别墅的后门附近发现了一个非常隐蔽的防空洞。洞口的门盖已经打开了,放眼望去,里面一片漆黑。我们怀疑社长也许在里面,于是打开手电筒,在微弱的灯光指引下走下楼梯。防空洞里面有一个十平方米左右的空间,但空无一人。不过借着手电筒的微光,我们发现对面还有一条往前延伸的通道。隐约中似乎有一丝寒风袭来,看来防空洞的这条通道是和外面连通的。于是我们拿着手电筒沿途追踪而去。大约往前走了十米,又发现了一扇门。门微微开着,刚才的冷风就是从这个门缝中钻进来的。推开门一看,原来我们已经到了别墅附近的林地。不远处是一条公路。社长很可能也是穿过防空洞来到了这里。我们又立刻在这附近开始了排查，但依然一无所获。

"也许犯人在废弃别墅里留下了手电筒和字条，要求社长穿过防空洞来到这里。再或者是犯人直接潜入别墅，挟持社长一同穿过防空洞来到这里，然后把他带上车离开了。"

"搜查本部立即封锁了周边区域并设卡盘查，想要拦截载着社长的车辆，结果只是徒劳。犯人恐怕早就带着社长逃出了盘查网。然后，第二天的早上，社长的尸体就被发现了⋯⋯

"明明我一直就待在社长身边，却还是让犯人轻而易举地谋害了他的生命，没有什么比那个时候更令我痛感自己的无能为力了。这一点让我懊悔至今，所以五年前，我主动加入到继续搜查的队伍中来，从搜查一课转任到了品川警署。"

鸟井警部补的声音异常苦涩。他曾经任职的搜查一课特殊犯搜查系，简称SIT[1]，即便在搜查一课也称得上是专家集团，平台起点非常之高。从那时起，他就经常说自己宁肯调到负责该案件调查的直接管辖部门去，可见他对这件事的悔恨是何等深重。

"我特别理解您的感受。因为我也曾有过因为搜查失误而让犯人从眼前逃脱的经历，那种感觉特别无力。"

警部补像是突然被激起了兴趣似的，直勾勾地盯着寺田聪。

"我还以为赤色博物馆的人都是搞行政出身，怎么，你也有过搜查的经验？"

"嗯，直到几天前为止。我原本是警视厅搜查一课的成员。"

警部补的眼睛里写满了惊讶和同情。

"你原来在搜查一课吗？从那里调职到赤色博物馆，一定不好受吧？你是什么时候进入到搜查一课的呢？"

---

[1] SIT，英文全称为Special Investigation Team。

诡计博物馆　041

"从前年的4月份,一直到今年的1月下旬。"

"这样啊。那就是在我离开搜查一课之后了。你是哪个系的?"

"第三强行犯搜查第八系。"

"第八系的话,系长是今尾正行咯?"

"没错。您认识今尾系长?"

"他是我在警察学校的同期同学,我们也是同时被分配到搜查一课的,只不过他去的是强行犯搜查系,我去了特殊犯搜查系。虽然不在一个部门,但我们的关系一直很好,现在还时常一起喝酒呢。"

说到这里,警部补像是突然想起了什么似的,问道:"听说今年1月份的时候今尾有个部下因为重大失误被贬职了,好像还是个把搜查文件遗落在案发现场的巡查部长,不会就是你吧?"

"正是鄙人。"寺田聪心情沉重地点了点头,忐忑不安地偷瞄着警部补的表情,发现他并没有责难的意思。

"这样啊,也真是够倒霉的。不过谁都有失败的时候,重要的是如何面对失败。别泄气啊!"

没想到警部补反倒安慰起自己来了。

"谢谢。"

一股暖意微微浮上寺田聪的心头。

5

　　中岛面包公司的总部位于品川站前，是一栋通体都是花岗岩材质的二十层建筑物。

　　寺田聪来到一楼大厅的接待处自报家门："我是警视厅的，约好了2点钟和社长见面。"接待处小姐的脸上浮现出一丝紧张之色，连忙答道："这就带您过去，请稍等片刻。"

　　等了一分钟左右，电梯门打开了，一位三十岁上下的男职员目标明确地朝寺田聪走来。说了句"请跟我来"之后，他便自顾自地迈开了步子。看样子，这个人是社长的秘书。寺田聪连忙跟了上去，搭乘电梯来到二十楼。

　　或许是领导层的办公室都集中在这层楼的缘故吧，走廊上铺了一层厚厚的地毯，似乎能把所有噪声都给吸进去。秘书推开一扇厚重的木门，引他来到等候室。等候室里面还有一个房间。秘书敲了敲门，里面传来"请进"的声音。寺田聪推门而入，寒暄道："打扰了。"

　　只见一位身形高大、体格健壮的男性从房间中央的办公桌后起身走来。这位男性看上去年近六十，穿着做工精良的西装，面容精悍，全身上下都溢满着自信的气场。

"我是高木祐介。"

中岛面包公司的现任社长说。案发当时，他还是这家公司的专务。绯色冴子的第二道指示，就是来见一见这个人。

"我是警视厅的寺田聪。"

虽然已从搜查一课被贬到了犯罪资料馆，但警视厅成员的身份依然没有改变，所以我这也不算说谎。寺田聪在心里念叨说。不过他惊讶地发现，自己在说这话时明显底气不足。从前在搜查一课的时候，不管对方是什么人物，他都不会胆怯。看来那枚没收回去的搜查一课的徽章带给他的影响远远超过了自己的预期。

"辛苦了，请坐。"

高木祐介对着沙发做了个"请"的手势。寺田聪屈身入座，沙发温柔地承接住他的身体。

"是搜查有了什么新进展吗？几天前，那边也有两个搜查员来找过我们……"

寺田聪微微一震，看来被继续搜查课的人捷足先登了。

"非常遗憾，暂时还没有什么新的进展。我今天之所以前来打扰，是想再次确认一下您在事发当晚的行踪。"

"怎么，难不成你们警方还在怀疑我吗？"

高木祐介精悍的脸上滑过一丝不快。

"不是，我们倒不是怀疑您……"

"客套话就免了吧，我很清楚，你们警方一直没有打消对我的怀疑。不管怎么说，我和去世的社长在公司里边对立得厉害，个人关系也很不好。如果社长去世，我就是下一任社长的不二人选，所以我有充分的作案动机。你们不就是这么想的吗？要不然也不会反反复复地问我当晚都做了些什么。"

"询问案件相关者的行踪只不过是例行公事……"

"但不管你们问多少次，我都是有不在场证明的。在社长遇害的这段时间，我正在营业部长安田俊一家里和他下围棋。关于这点，警方也向安田君确认过了，应该能够确定我有不在场证明了吧？"

"没错。"

"你们断定我不可能杀死社长后，就凭给社长打电话的犯人的移动路线恰巧和我一致，又怀疑是我给社长打的电话。即便如此，若要在7点10分和8点10分打电话，那就只能在电车里打了，这应该也不太可能。"

"您说得没错。"

"安田君去世后，又开始传出是我杀害安田君灭口的流言。还说是我让安田君作伪证、蓄意制造不在场证明，然后又赶在警察发现真相之前杀人灭口。但是，安田君的死真的只是一场意外，关于这点警察应该十分清楚。"

"正如您所言。"

"既然如此，你们为什么还死抓着我不放呢？有这个闲工夫来怀疑我，还不如多花点心思去追查其他线索呢。"

这正是寺田聪的心声。高木拥有完美的不在场证明，绝对不可能是凶手。在此之前，寺田聪也曾提出即便来见高木一面也不会有任何收获，绯色冴子却一意孤行，一定让他来会会高木。

"你去问问高木，那晚他和安田下棋，最后是谁赢了？"绯色冴子如此吩咐。谁输谁赢，和案件又有什么关系？寺田聪一头雾水，搞不明白她葫芦里卖的什么药。

"高木先生，听说您和安田先生是围棋棋友，每个周六都会对弈几局是吧？传闻二位交好的契机，是案发四年前公司内部成立的围棋同好会，是这样吗？"

"没错。因为喜欢下棋，所以马上就入了会。不过那时候会里压根就没人能够下得过我，也可能是因为顾虑到我在公司的地位，不敢全力以赴吧。就在我觉得难逢对手的时候，安田君入了会。没想到他的棋术很厉害，第一局对弈我就输给了他。我终于找到了棋逢对手的感觉，便和他相约每个周六都去他家对弈。当然，我也曾邀请过他来我家。但他觉得来我家反而不自在，还不如在他自己家能够随心所欲。离婚之后，安田一个人住在家里，的确没什么顾虑。"

"所以，您像往常一样，在晚上的8点25分造访了安田家？"

"嗯。当时正是公司面临危机的时候，安田身为营业部长，为了稳定局势而四处奔波劳碌。我原以为他那天没精力再下棋了，谁知他却回答说想下棋放松放松，让我照常过去。于是，我便带了些威士忌和下酒菜去了他家，像从前那样边喝酒边下棋。我那天的状态不错，所以落子很快，于是乘胜追击又下了一局，直到晚上11点多才离开。"

"两局都是您赢了吗？"

"没错，第一次赢得这么酣畅淋漓。"

6

回到犯罪资料馆,寺田聪从助理室敲了敲通往馆长室的门。像往常一样,里面没有回应,他便直接推门走了进去。

里面没有绯色冴子的身影,十有八九是去洗手间了吧。

桌上放了些搜查文件,是什么案件的资料呢?寺田聪突然起了兴致,凑近桌子扫了一眼,上面记载着"武藏村山市三木肇事逃逸致人死亡案"的始末。案件发生在1998年2月12日的晚上6点多,一位名叫岛田健作的七十八岁的男性因遭肇事逃逸而死亡。

绯色冴子为什么会阅读这起案件的搜查资料呢?寺田聪百思不得其解。在犯罪资料馆,为了方便物证管理,都会在装有证物的袋子上贴上二维码标签,然后通过扫码的方式将证物等基本信息以图片的形式录入电脑信息系统。

为了与二维码标签上的信息一一对应,还需要将案件的概要进行梳理,所以绯色冴子会阅读相关案件的搜查资料。目前,他们正在进行1993年案件的二维码标签粘贴工作。绯色冴子现在所读的搜查文件要么是1993年发生的案件,要么是中岛面包公司恐吓·社长遇害案，要么是刚刚移送到犯罪资料馆的一批已过诉讼时效的证物和搜查文件。

不过，这起"武藏村山市三木肇事逃逸致人死亡案"发生在1998年，而且标签贴附工作早已完成。根据当时的规定，因肇事逃逸造成的过失致死伤罪的诉讼时效是五年，即便当时成为悬案，也该在2003年就被移送到犯罪资料馆保管了，绯色冴子为什么会重新翻阅这些资料呢？真是匪夷所思。啊，今天是怎么了？自己怎么会对这种事情如此上心？

就在这时，走廊边上的门打开了，绯色冴子回到了办公室。因为正在随意翻看文件，寺田聪本能地吓了一跳。

"——我去见了鸟井警部补和高木祐介，想向您汇报一下情况。"

"辛苦了，坐下来说吧。"

绯色冴子指了指馆长室角落里的破旧沙发说。寺田聪刚一落座，沙发就发出了泄气般的怪声，跟中岛面包公司社长室里的沙发简直就没法比。

寺田聪把和鸟井警部补、高木祐介谈话的内容一五一十地告诉绯色冴子。绯色冴子只是静静地听着，苍白的面颊始终毫无表情，寺田聪也不知自己的汇报是否令她满意。绯色冴子听完之后，陷入了沉思。寺田聪也不知自己是该留下来还是出去比较好，只好往放在桌上的搜查资料上瞥了一眼。

"你是在想这份搜查资料吗？"

"嗯，是的。你怎么会读这份搜查资料呢？"

"恐怕这就是中岛面包公司恐吓·社长遇害案的原因所在。"

"啊？"

寺田聪怀疑自己听错了，她怎么会得出这样的结论呢？肇事逃逸致人死亡案发生在2月12日，但那时候第一封恐吓信已经寄到中岛面包公司了，这又怎么可能成为案件发生的导火索呢？

"看来馆长是知道中岛面包公司案件的真相了？"

"我想是的。"

"能说来听听吗？"

这个对现场状况一无所知的"高级公务员"还能冒出什么想法？寺田聪倒是有点感兴趣了。

"这起案件最令我留意的一点，就是那遗落在废弃别墅中的一亿日元现金。难不成是犯人留下信息要求社长只身一人前去防空洞，同时特别提醒他把钱留在那里？再或是犯人早已在废弃别墅等候社长多时，一见到他就挟持他一起穿过防空洞，而刻意把钱留在那里？可不管怎样，犯人都没必要这样做。这点让我觉得很不可思议。"

"所以才说了嘛，勒索一亿日元只是想要伪装成企业恐吓的幌子，有什么好奇怪的。"

"即便如此，那为什么不做得彻底一点？"

"啊？"

"如果真想让这一亿日元当幌子的话，就更该把它带走了。把它留在那里反倒是掩耳盗铃了。如果犯人把现金带走，恐怕根本就不会有人注意到那是个幌子，如此一来反而暴露了。退一步讲，即便这真的是个幌子，你觉得犯人会眼睁睁地看着这到手的一亿日元不要？但凡犯人不是个傻子，他都会将钱带走才对。"

"好像确实是这么回事儿……"

"所以我才猜测，犯人之所以没能把那一亿日元带走，是因为当时的条件让他没法将其带走。"

"没法带走？什么意思？是钱太沉了，犯人拎不动吗？"

"当然不是。就算犯人手无缚鸡之力，可只要让社长拎着不就行了。"

"这倒是。"

"那么，犯人为什么会留下这一亿日元呢？思前想后，只有一种可能。那就是，当时根本就没人通过防空洞离开废弃别墅。所以钱才会留在那里。"

"等等，等等，什么叫'根本就没人通过防空洞离开废弃别墅'？社长不正是通过防空洞离开的吗？"

"我刚才已经说过了，如果是那样的话，一亿日元就不会被留在别墅里了。所以说，社长也根本就没离开过别墅。"

"如果没有离开别墅的话，那他倒是去哪儿了？难不成还躲在屋子里藏起来了？别忘了，负责监视现场的三名搜查员可是把别墅搜了个底朝天。如果社长躲在里面的话，肯定早就被发现了。"

"说得没错，肯定会被发现的，但还有一种情况例外。"

"例外？"

"那就是，社长他自己变身成为负责监视现场的搜查员。"

寺田聪觉得绯色冴子一定是疯了。

"——社长变成了监视现场的搜查员？你也真是敢想！你当其他两个搜查员是吃白饭的吗？再说了，原来那个被掉包的搜查员又到哪里去了呢？"

"那我说得再明白一点——监视现场的一名搜查员是一人分饰两角，先是伪装成社长的样子进入别墅，然后再解除变装以搜查员的身份出现。"

"一人分饰两角？"

"别忘了，社长进入废弃别墅的时间是晚上8点30分，周围早已是黑漆漆的一片。况且社长还戴着眼镜和防花粉过敏的立体口罩，想伪装成他的模样应该是完全有可能的。"

"你的意思是说，那个从Celsior汽车上走下来，随后进入废弃别墅的社长是个冒牌货？"

"没错。而且，在那种情况下能够化装成社长的人，就只有与他乘坐同一辆车的鸟井警部补了。"

"鸟井警部补？"

"Celsior汽车是在晚上7点离开社长家的，随后就一直被追踪组的车辆尾随。所以在离开社长家之后，要想在追踪组的眼皮底下停车换人是不可能的。换句话说，从Celsior汽车驶出社长家的那一刻起，社长就已经不在车上了，而驾驶座上坐着的就是那个伪装成社长的人。"

"离开社长家的时候，社长就已经被掉包了吗？什么时候换的人？"

"按照鸟井警部补所说的那样，差五分到7点的时候，社长拿着装有一亿日元的手提箱与警部补一起走进车库。这个时候，车库里只有他们两人在场。也就是在这个时候，鸟井警部补迅速地戴上假发、眼镜、口罩，变装成社长的样子。你再仔细回想一下社长当时的着装，是不是穿着一件绿色迷彩夹克，内里是黑色的，看上去两面都能穿的样子？恐怕警部补当时也套了一件一模一样的夹克，只不过是把黑色的那面穿在了外面。这么一来，只要警部补把夹克翻个面，就能伪装成社长的样子了。鸟井警部补，时任搜查一课特殊犯搜查一系的系长，在负责绑架案和企业恐吓案的时候总是被赋予运送现金、现场信息转达的重任。所以，在这起案件发生时，他应该早就料想到自己会被安排隐藏在社长的Celsior汽车上了。

"接下来，Celsior汽车驶出社长家，紧接着追踪组的车辆尾随而上。晚上的车内灯光恍惚，再加上驾驶人戴着口罩，所以其他搜查员做梦也想不到，此时此刻驾驶汽车的'社长'会是鸟井警部补。况且，又有谁能料想到他们会在车库里玩'变装'的把戏呢？再者，犯人指示社长晚上7点从家里出发，就是为了方便在变装的时候掩人耳目吧。

"另一方面，社长在车库目送车辆离开之后，便悄悄地离开了家。Celsior汽车开走之后，警察的注意力全部转移到跟踪车辆上，所以没人注意到社长离开的身影。"

"细细想来，身为被害人的中岛社长好像提前就和搜查员中的一人商量好了，才自导自演了之前的那一幕。"

"确实如此。"雪女面无表情地点了点头。

"不管怎么说，这也不太现实吧。"

"如果要合理解释那一亿日元为什么会被遗弃在别墅中的话，就只能这样假设了。"

寺田聪陷入了沉默。虽然绯色冴子的推理过于大胆，但也算是合情合理。也许这只不过是不了解现实状况的高级公务员的妄想，但也有试着再探讨一下的价值。

"变装成社长的鸟井警部补一边开车，一边以搜查员的身份与搜查本部进行无线联络。他时不时地说些'你没事吧''冷静点'之类的台词，听起来是那个按照计划躲在后座底下的联络员，实际上却是伪装后在驾驶座上的假社长。"

"不过，这种操作真的能办得到吗？如果一边开车一边用无线对讲机和搜查本部联络的话，就得一只手握着方向盘，另一只手拿着对讲机啊。如果看到社长做出这种动作，尾随其后的追踪组的搜查员难道不感到奇怪吗？"

"你应该还有印象吧，'社长'可是戴着立体口罩哦。鸟井警部补把无线对讲机的手持麦克风摘下来，藏进立体口罩隆起处的内部，而主机则藏在夹克衫下。这样就可以在两只手握着方向盘的同时和搜查本部联络了。毕竟麦克风的大小完全可以塞进口罩里面，再加上车内昏暗，从外面是看不见麦克风和对讲机主机之间的那根连线的。在看到证物的时候，我就已经注意到这个口罩的巧妙之处了。"

寺田聪回想起，在将案件的证物搬到助理室的时候，绯色冴子就一直目不转睛地盯着那些证物看。当时吸引她的，应该就是这个立体口罩吧。

"别说，这么一来，还真能一边双手握着方向盘一边用对讲机说话了。"

"犯人打来电话后，'社长'拿着手机与他进行交流。这个时候，鸟井警部补就暂时关闭了无线对讲机的开关。如果没有关闭开关，他和犯人的谈话就会通过藏在立体口罩里的麦克风传到搜查本部去，也就暴露了'社长'是警部补乔装的事实。再者，'社长'在打电话时接收到的声音，也会通过立体口罩下边的麦克风传回搜查本部，别忘了，这可是鸟井警部补的对讲机，此时此刻却收到了犯人的声音，也会暴露鸟井警部补伪装成社长的事实。所以我推测，当时应该是暂时关掉了无线对讲机的开关吧。当然，也存在另一种可能，就是警部补没有关闭无线对讲机的开关，但是警部补和犯人接通电话后，都只是让手机保持通话状态，并没有说话。不过如果是第二种情况的话，一旦犯人所处的环境噪声通过对讲机传到搜查本部，也会暴露同样的问题。因此，还是关掉开关更安全。

"那个时候，即使搜查本部注意到对讲机关上了开关，鸟井警部补也可以解释说'犯人在和社长通话的时候，如果通过社长的手机听到无线对讲机的声音，就会发现警方已经介入，所以我才会在社长通话时关掉开关'。

"在'社长'和犯人的通话结束后，他便重新打开无线对讲机的开关，继续上路了。然后，他又以鸟井警部补的身份一边开车一边用无线对讲机与搜查本部联络，汇报犯人的通话内容。对于这点，尾随其后的追踪组搜查员根本无法察觉。

"就这样，鸟井警部补通过一人分饰两角的障眼法（模样是社长，声音是自己），营造出了社长还在车中的假象。而在这段时间里，真正的社长却去了别的地方。"

如此说来，鸟井警部补先前所说的社长在车里的情况全都是谎言吗？寺田聪想起自己在品川警署接待室里听到的警部补的证言，真不敢相信，那竟是演出来的。

"那么，给开车的'社长'打电话的犯人，自然就是目送车辆离开后另有安排的社长本人了。我也曾考虑过在除了鸟井警部补和社长之外，是不是还有第三个犯人，负责给手机打电话。但后来我又仔细想了想，就为了打电话这种小事而去增加一个共犯实在是太愚蠢了，毕竟知情人还是越少越好。如此看来，我觉得还是由社长自己去充当打电话的角色比较靠谱。

"直到2月21日晚上7点10分，犯人一直都没有和社长取得联系。起初我们还以为是犯人担心自己打来电话的声音会被录音装置录下来，其实也未必如此。在汽车从社长家出发之前，能够以犯人的身份给社长打电话的人就只有鸟井警部补一个。但当时他驻守在社长家，不可能在其他搜查员的眼皮底下给社长打这个电话。而一旦汽车从社长家出发之后，警部补就可以高枕无忧地扮演社长，而真正的社长也有了给'社长'打电话的机会。

"如果有第三个犯人的话，就不用这么麻烦了。他完全可以在鸟井警部补在社长家的时间去打这个电话。从这一点,也能推断出犯人只有社长和警部补两个人了。"

"可社长和鸟井警部补,到底为什么要这么做呢?"

"为了制造社长的不在场证明。在涉及不在场证明的时间段里,能够在警方的监视下带着现金,驾车去应对恐吓威胁,不就是最好的不在场证明吗?"

"也就是说,为了制造不在场证明,他事先设计并对中岛面包公司进行了企业恐吓。但是在自家企业生产的商品里插钢针,这么做岂不是太过分了吗?就因为这个原因,中岛面包公司不得不将其市面上的商品回收并终止销售,蒙受了巨大的损失。目的和手段之间有点失衡吧?"

"确实,我也觉得目的和手段有些不对等。关于这一点咱们可以先放一放,过一会儿再探讨。眼下我们首先要做的,是弄清楚社长想利用这个不在场证明做什么。到目前为止,这个不在场证明都是非常复杂和庞大的,所以社长要做的也该是事关重大的事。除了杀人之外,实在找不到其他更合理的解释。"

"——杀人?"

"社长应该是计划在杀人之后接着悄悄潜回家中,然后等鸟井警部补回来再在车库换装,最后两人再以原本的身份出现在搜查组面前,以此来制造不在场证明。犯人让警部补扮演的'社长'把装有一亿日元现金的手提箱留在了别墅,然后恐吓事件最终以犯人没有现身而不了了之。如意算盘倒是打得不错。"

"但是实际上,社长被杀害了。"

"能够想到的理由就只有一个,就是社长在杀人过程中遭到了反杀。"

"反杀?"

"没错。社长在临死前还用手机给鸟井警部补打了电话，告诉他自己遭遇了不测。根据搜查资料记录，犯人最后拨打社长的手机是在8点20分，其实这应该就是社长在临死前打来的电话了。

"根据鸟井警部补的说法，犯人在8点20分的来电里询问社长'那一亿日元现金，确定是带过来了吧？'，仔细想一下，犯人这时问这个问题不是有些奇怪吗？当时距离社长从家里出发已经过去了1小时20分钟，要是犯人真想确定社长是否准备好了一亿日元的现金，为什么不在社长刚出发时的7点10分打电话确认呢？都已经出门1小时20分钟了才特意来电确认有没有带钱，有这个必要吗？简直是莫名其妙。由此推断，8点20分打来的这通电话，完全在计划之外，是遭遇反杀的社长打来通知意外的无奈之举。接到电话以后，鸟井警部补不得不向搜查本部汇报情况，匆忙之下才编造出了这么一出漏洞百出的对话。"

关于8点20分的那通电话内容，寺田聪也觉得有些蹊跷。也许绯色冴子的推理是正确的。寺田聪心想。

"得知社长遭遇反杀的鸟井警部补，一边继续驾车向别墅行驶，一边思考着应对之计。事到如今，他已经无法再继续乔装社长了，因为社长的尸体早晚会被发现。如果在社长的推定死亡时间之后仍然伪装成社长的样子，就等于暴露了自己这个'社长'是假的。更糟糕的是，有机会伪装成社长的，就只有和'社长'同乘一辆车的自己了。那么，现在该如何是好呢？

"走投无路的鸟井警部补的脑海里，闪过一个极其大胆的计划。汽车刚一抵达废弃别墅，他就把它付诸实践了。

"警部补扮演成社长的样子，拿着装有一亿日元现金的手提箱进入别墅，随后把它放进大厅中间。自不待言，那个时候的他戴着手套。否则，搜查组事后提取遗留在手提箱上的痕迹时，若发现了警部补的指纹,可就完蛋了。

"随后,警部补结束了社长的乔装,将口罩、眼镜等各种道具全都塞进了自己的口袋。然后,他又将两面可穿的夹克翻过来穿在身上,黑色面朝外。

"在这段时间里,警部补一直通过无线对讲机与搜查本部进行适当的联络,演得就像自己真的潜藏在Celsior汽车的后座底下似的。

"见社长迟迟未从别墅里面出来,搜查本部觉得不对劲,便指示埋伏在别墅附近田地里的两名现场监视组的搜查员进去搜查。而通过无线设备接收到指令的警部补,在大门开启的时候早已做好了隐蔽的准备。

"进入别墅的两名搜查员,发现社长运送现金的手提箱就放在大厅的正中间,急忙向那里跑去。而此时此刻,躲在门后的警部补悄然转移到门口,装作自己刚刚赶过来查看情况的样子。他之所以会把手提箱放在大厅的正中间,就是为了吸引监视组两名搜查员的注意,给自己留下转移到大门口的时间。

"于是,三名搜查员为了寻找社长,把别墅翻了个底朝天,但结果显而易见——当然找不到。不久之后,他引导搜查组发现了防空洞,想要营造出社长已经通过防空洞离去的假象。这就是警部补对社长遭遇反杀这一意外状况所做出的应对。"

"如果当初下达的指示,是让警部补先行靠近别墅,而不是由监视组的两名搜查员率先进去勘查情况,那他会怎么做?"

"也不是没有那种可能。但是你别忘了,从公路到别墅之间还隔着一片二十米左右的田地呢。而汽车停在公路上,警部补在汽车上。相比埋伏在别墅附近的现场监视组的两名搜查员,派警部补去距离更远一些,因此还是指派监视组先行进入调查的可能性更高。警部补就是赌的这个可能性。"

"真是个危险的赌注。"

"是啊。不过，警部补也是没有别的办法了。"

"不过，社长想要杀死的那个人——也就是最终反杀了社长的那个人，究竟是谁呢？"

"想想犯人给社长打过三次电话的那部预付费手机吧。7点10分定位在JR大森站附近，8点10分是JR武藏境站附近，8点20分是武藏野市的境南町附近。也就是说，犯人原本计划从大森站乘坐JR到武藏境站转车，然后再向车站南侧的境南町行进。

"正如先前所述，打出这三个电话的就是中岛社长本人。所以，这也就是社长的行进路线。因为大森站是离社长家最近的车站，所以7点之后，社长偷偷从自家车库溜了出来，7点10分在大森站附近打出了第一个电话，这在时间上也对得上。

"社长之所以会这样行进，就是为了去找自己的杀人目标。使用电车作为交通工具，不仅避免了找地方停车的麻烦，也降低了遭遇目击的风险。

"8点20分，社长从武藏野市的境南町附近打来电话，向鸟井警部补传达了自己遭遇反杀的事实。也就是说，犯罪现场就在境南町附近，这也就意味着，杀害社长的人就住在境南町附近。而且，在案件的相关人员中，恰好就存在一个这样的人物。"

"您说的是安田俊一吗？那个事发后就溺亡在自家浴室的安田？是他反杀了社长？"

"没错。社长刚一进入安田家中，就掏出小刀袭击了安田俊一，没想到自己却遭到了反杀。社长在使用预付费手机通知鸟井警部补自己遭遇反杀的状况后就断了气。之前已经说过了，这就是犯人在8点20分最后一次打来的电话。过了没多久，8点25分，专务高木祐介便前来赴约切磋棋艺了。"

"如果社长再晚点来安田家的话，说不定还能跟表弟碰上一面呢。"

"是啊，要是社长知道自己的表弟每周六晚上都会来这里和安田下棋的话，估计也不会选在这一天动手吧。因为社长和高木的关系不好，所以安田也担心，若老板知道自己每周都和高木下棋会生气，所以就没有对外声张。

"事发后，安田装作一副若无其事的样子接待了高木，一直陪他下到11点多。但是社长的尸体就躺在自己家中，所以安田心里一定十分慌乱，高木才会自以为当天状态很好而取得连胜。其实恐怕还是因为刚刚才杀了人的安田心乱如麻、无心恋战吧。不过，多亏了高木的来访，安田才有了不在场证明。"

原来如此！从8点25分到11点之间，高木祐介一直在和安田下棋，如此一来，不仅高木的不在场证明成立了，就连安田也有了不在场证明。

绯色冴子提出再次搜查的时候，特意指派寺田聪去找高木，原来并不是因为怀疑高木，而是在怀疑和高木一起下棋的安田啊！之所以会追问两人对弈的胜负，也是因为若是安田真的杀了人——哪怕只是因为防卫过当——那么他的心中一定会有所动摇，而这必然会影响棋局的胜负。

"当高木祐介离开之后，安田便将社长的尸体搬到车上，趁着月黑风高将其扔到荒川河岸的江北桥绿地。也许是鸟井警部补给安田打了电话，威胁说知道是他杀死了社长，安田迫不得已才出此下策。对于警部补而言，不知道社长尸体的下落肯定也惴惴不安。更何况，如果那部预付费手机还在社长身上，发现尸体的同时也就意味着自己的暴露。

"顺便提一句，至于犯人为什么要把社长的手机带走这个谜团，实际上是社长先前就把自己的手机交给了伪装成自己样子的鸟井警部补，所以在遭受反杀时，手机根本就不在身边，而犯人也就无法将其带走了。"

"大约又过了一个月，安田酩酊大醉，在自家洗澡时溺亡，据说事发之前安田一直处于神经衰弱的状态，饮酒过度。但那并不是因为他作为营业部长为了平息事件四处奔波造成的压力过大，而是源于杀害社长的罪恶感吧。"

"但是，有一点我不太明白。社长为什么要杀死安田俊一呢？鸟井警部补又为何会支持社长的犯罪计划？社长、安田和鸟井警部补之间应该也没什么交集吧？"

"在恐吓信寄来之前，社长、安田和鸟井警部补之间的确没有什么交集。但是恐吓信送到之后，作为受害企业的社长、营业部长和搜查员之间就有了接触。而社长和鸟井警部补想要杀死安田的理由，恐怕就是在收到恐吓信之后才产生的。"

"这么推测也不是没有可能……但是，就算我们知道产生杀念的时间，但是杀人理由呢？"

"关于这个问题，在某种程度上也是可以推测出来的。安田的反杀或许可以算得上是正当防卫，但他没有将事情的原委告诉警方，因为即便被视为防卫过当，其罪责也无法逃脱。这是因为，如果警方发现社长想要杀死安田一事，总得说出个理由吧。而社长之所以想要杀死自己的理由，安田是无论如何都不想公之于众的。"

"社长想要杀死安田的理由，是和安田背后的黑料有关吧？"

"没错。安田自身的黑料，应该是在收到恐吓信之后才产生的，而且还与社长、鸟井警部补脱不了干系。顺藤摸瓜，就不难推测，一定是安田、社长和警部补三人共同犯下了见不得人的罪名。一开始，三个人达成一致决定保持沉默，但后来安田按捺不住想要将真相公之于众，所以社长和警部补决定杀人灭口。这就让我想到了身为营业部长的安田，要与社长以及特殊犯罪搜查课的搜查员一起开车去各个发现钢针面包的超市进行例行调查的事情。在现场调查的往返途中，理所当然，社长和安田应该是搭乘搜查员驾驶的警车。而如果那个搜查员是鸟井警部补的话呢？有没有一种可能，就是那辆警车肇事逃逸了呢？"

"肇事逃逸？"

寺田聪将目光转向摆放在绯色冴子办公桌上的"武藏村山市三木肇事逃逸致人死亡案"的案卷资料。

"这个假设可能有些大胆，但我还是决定调查一下是否有相符的肇事逃逸案发生。那个肇事逃逸案应该同时满足两个条件：第一，时间在中岛面包公司的产品被插进钢针的2月1日以后，直至中岛社长遇害的2月21日之前；第二，如果是在去各个发现钢针面包的超市进行例行调查时出的事，那就应该是在去超市的路上或者是从社长家到中岛面包公司的路上发生的。于是我试着通过CCRS去查找能够同时满足这两个条件的肇事逃逸案，功夫不负有心人，事情的真相终于浮出了水面。"

绯色冴子指了指桌子上的搜查资料。

"三木有一家名叫谷川的超市，那里曾发现过插入钢针的面包。根据中岛面包公司企业恐吓·社长遇害案的搜查资料记载，2月12日的下午5点钟，中岛社长和安田曾前往这家超市进行现场调查。此后，鸟井警部补将二人送回位于品川站前的中岛面包公司总部。如果考虑在这个时候发生了肇事逃逸致人死亡案，各方面刚好能够卡得上。鸟井警部补请求社长和安田对这起事故保持沉默。虽然不是自己开车出的事故,但考虑到当时正是恐吓事件的关键时期,如果爆出这种事故,恐怕中岛面包公司的社会形象又会大打折扣,于是社长和安田便同意了警部补的请求。就这样,他们两人成了肇事逃逸的共犯。然而没过多久,安田良心发现想要自首,便对社长和鸟井警部补说自己无法再保持沉默了。可这么一来,一切就全完了。于是警部补便和社长商量了一下,决定利用企业恐吓事件制造不在场证明,借此将安田灭口,以绝后患。"

"但是,鸟井警部补和中岛社长,又是怎么知道交易现场的那座废弃别墅的存在的呢?"

"坦白说,我也不知道。也许,中岛面包公司曾经计划在包括废弃别墅在内的一带建造工厂。别忘了,三村不动产之所以会在那一带建造奥特莱斯折扣商场,也是看上了那里地域广阔、再往前一点就是主干道的地理优势吧。面包公司和奥特莱斯一样,都看重工厂布局。在计划建造工厂时,中岛社长也曾来视察过,也许就是在那个时候知道了废弃别墅的存在。遗憾的是,建造工厂的计划因为某种理由而搁置了,不过社长倒是还记得那间别墅,于是就借此实施了犯罪计划。不管怎么说,两人设计了在交易现场利用别墅作为不在场证明的计划。这是第一步。而第二步,就是寄出了第二封恐吓信。"

"第二封恐吓信?难道不是寄第一封的人寄的吗?"

"没错。你之前不还提出了一个疑问,觉得仅仅是为了制造不在场证明而把钢针插入自家公司生产的面包当中,是手段和目的的不平衡吗?确实,真的有点失衡。如果是这样的话,那么往面包里插入钢针、发出第一封恐吓信的犯人恐怕就不是社长了。这样解释可能会更妥当些。鸟井警部补和社长只不过是利用了这起企业恐吓事件,寄出了第二封恐吓信而已。

"作为搜查本部的一员，鸟井警部补自然知道第一封恐吓信所使用的纸张、信封和打印机的型号，甚至对字体和印刷排版都了如指掌。对他来说，模仿出第二封毫无破绽的恐吓信自然不在话下。

"虽然第一封恐吓信写着要一亿日元，但并没有提及具体的交货方式，直到第二封恐吓信才给出具体指令。如果两封恐吓信出自同一个犯人之手，那就没必要分成两封来寄，直接在第一封信上写清楚不就行了？由此看来，寄来第一封信和第二封信的犯人并不是同一个人——寄第二封信的人只不过想要利用这次事件罢了。但第二封信的体裁和第一封信竟然完全一致，可见寄信人一定出自搜查本部内部。"

"原来如此……"

"写第一封恐吓信的犯人只说要钱，却没有提及具体的交钱方式，恐怕是因为他压根就没想着要钱，只是单纯地想要吓唬吓唬中岛面包公司而已。可他万万没想到，居然又冒出来了第二封恐吓信。三天后，社长遇害的惨案爆出，大众媒体都认为恐吓者是凶手，所以才吓得他不敢发声。遗憾的是，事到如今再想去追查在商品里插入钢针的犯人，应该是没什么指望了……"

绯色冴子看了看寺田聪，问道："这就是我的推理。你怎么看？"

"受教了。"

她的推理，足以将案件的所有要素和矛盾都解释得天衣无缝。在此之前，寺田聪对绯色冴子的能力还心存疑虑，现在却完全折服。若她现在身在搜查一课，一定是最最优秀的搜查官，称之为"天才"也不为过。只是她的沟通能力确实有所欠缺，不太适合担任问询之类的工作……

"下一步，馆长您打算怎么做呢？"

"通知监察室，解雇鸟井警部补。"

"这倒是。这件事情，还是不要让鸟井警部补所在的继续搜查课的人知道为好。毕竟他们是同事，很难接受鸟井是案犯的现实。不过，监察室的人就能听进去你的推理吗？"

"我在监察室有熟人。"

雪女居然也有熟人？寺田聪吃了一惊。

"鸟井警部补曾经说过，自己之所以自愿加入继续搜查课，从搜查一课转任到品川警署，就是因为对社长遇害一事心存遗憾。然而实际上，他这么做只是为了不想让真相暴露，想要从中监视的缘故吧。"寺田聪说。

"没错。"绯色冴子点了点头。

"不过，这些年来，要在那些对犯人同仇敌忾、誓要让真相水落石出的同事中间斡旋，带着秘密惴惴不安地苟且度日，想来也很痛苦。说不定比谁都希望结束这种暗无天日状态的，正是鸟井警部补自己吧。"

此时此刻，寺田聪回想起警部补在得知自己就是那个将搜查文件遗落在案发现场的巡查部长时，曾说过"谁都有失败的时候"这样的安慰话。那个时候，他也许是在回忆自己当年那起驾驶警车肇事逃逸致人死亡案带来的失败吧？

两天之后。

像往常一样，寺田聪在助理室给证物贴标签、录数据。突然，手机响了。一看屏幕，显示的来电人居然是今尾正行——第三强行犯搜查第八系的系长，也是寺田聪以前的顶头上司。他找我能有什么事？寺田聪这样想着，有点紧张，但还是接通了电话。

"您好，我是寺田。"

"今天早上，鸟井警部补提交了辞呈，同时去自首了。"

今尾开门见山地说。

"啊？"

"昨天晚上，鸟井来我家了。他跟我说自己参与了十五年前中岛面包公司企业恐吓·社长遇害案。"

寺田聪这才回想起来，鸟井警部补曾经说过他和今尾是警察学校的同期同学，关系甚笃。

"这不就是鸟井当年负责的案件吗？我不明就里，就多问了几句。然后那家伙就一五一十地把十五年前发生的事情全都告诉了我。我问他为什么直到现在才想起来说，一直缄口不言让它石沉大海不就得了？他才告诉我，原来是你们馆长给他打了电话，完美地还原了案发当时的真相。你们馆长还撂下句狠话，让他两天之内前去自首，这样的话监察室还可以从轻量刑，否则……说完就挂断了电话。于是他告诉我自己决定提交辞呈，然后去自首，免得被逮捕得太难看。"

寺田聪呆呆地握着手机，不知该说些什么好。

"鸟井所做的事情自然是不可原谅，但那家伙真的是个办案的好手。他和我是同期，也共同为事业打拼过。因为太热心于工作，几乎顾不上家里的事，后来老婆也跟他离婚了。那个时候女儿还小，就被判给母亲抚养，想见上一面都难。那家伙别提有多失落了。这件事正好发生在十五年前那起案件之前，鸟井之所以会闯了那么大的祸，恐怕这也是原因之一吧……"

寺田聪依然无言以对。

诡计博物馆　065

"直到现在,那家伙都还是孤身一人,见不到已经成年的女儿。他的生活价值,全部压在了刑警这份工作上。可就连这点儿价值都被你们馆长给剥夺了。那个吊车尾的高级公务员压根儿就不知道鸟井有多优秀,只为了打发无聊就把他送上刑场让人羞辱。而你,肯定也没少帮忙。听好了,我是绝对不会放过你的!"

"……黑白不分!"

"黑白不分?也许吧。反正我是绝对不可能原谅你的。你现在还妄想着哪天重新回到搜查课是吧?放心,我是不会给你这个机会的!本来你要是肯在赤色博物馆里老老实实地待着,我或许还能考虑考虑哪天把你弄回来。现在你居然和那个高级公务员沆瀣一气,真是自毁前程。只要我还在这里一天,你就死了这个心吧!"

"……你应该没有那么大的权力。"

"真是狗眼看人低。反正在退休之前你肯定是回不来的,你就在那个破地儿一直待到腐烂发臭,然后悲惨地退休吧!"

说完,电话就挂断了。

寺田聪握着手机,沉默良久。抬起头一看,才发现不知什么时候,通往隔壁馆长室的门已经打开了。绯色冴子凝视着这边,冰冷紧致的面庞看上去愈发地苍白了,甚至都有些发青。

"——抱歉。"

红色的嘴唇微微抽动了一下。看来,她好像已经听见他和今尾的对话了。

"不,您没必要为这件事道歉。不管事件的真相如何,将其公之于众,本来就是警察的使命。"

"……是吗?"

"是的。"

"那么从今以后,你还愿意和我一起工作吗?"

"当然愿意。"

寺田聪第一次看见馆长的脸上浮现出笑容。虽然有些笨拙,却是真正的微笑。

"谢谢。"她说。

复仇日记

1

9月1日

麻衣子被人杀死了。

那天下午2点,我在宿舍接到了一个电话。

"那个,我是一是枝麻衣子,还记得我吗?"

电话里传来一个怯生生的声音。时隔半年,我原以为再也听不到这个令人怀念的声音了,而此时此刻,这个小小的声音竟令我瞬间茫然。我呆呆地握着听筒,不知该如何开口。

"……对不起,打扰了。"

她好像误解了我的沉默,想要挂断电话。

等等!我立刻叫住她。我怎么可能会把你给忘了呢?——虽然心里是这么想的,但说出口的,却是再平淡不过的话语。

"好久不见。你近来过得可好?"

"——其实,我有件事想拜托你。"

"什么事?"

"其实,我不应该再来麻烦你的……今天下午5点,我们见一面好吗?"

"——你是说要见我?"

"对不起,我知道这个请求有些任性。之前明明是我提出分手,现在却又说出这种话来。但是事到如今,能和我商量的人就只有你了。"

"没问题,在哪里见比较方便?"

"来我的公寓,行吗?"麻衣子有点踌躇地问道。

"没问题。"

"那,咱们就待会儿见了。自顾自地说了那么多,真是不好意思。"

电话挂断了。良久,我紧握着听筒,有些恍惚。刚才的电话真的是麻衣子打来的吗?确定不是因为我思念过度而产生的幻听?

不,不是幻听。真的是她。那熟悉的声音依然在耳边回响。

不过话又说回来,她来找我,是想商量什么事情呢?也许这不过是个借口,她其实是想和我重归于好?

想什么呢!我可不是那种有魅力的男人。我自嘲道。

半年前和麻衣子分手的那一幕,仿佛就发生在昨天。

3月初,在一个春寒料峭的日子,我们相约去东京都的美术馆参观。随后,我们一边在上野公园散步,一边交流着对展品的感想。我们曾经有过约定,要一起看遍全世界的美术馆。

那天,麻衣子的样子有些奇怪。明明想要像平日里那样笑得无忧无虑,但明显能够看出她是强作欢颜,眼角还时不时地闪着泪光。要说不对劲,其实从几个星期之前就已经有点了,只不过那天看上去特别明显。

走累了,我们便坐在长椅上休息。麻衣子却突然看着我,开口说了句"对不起"。

"对不起？什么对不起？"

"我已经不能再和你继续交往下去了。"

我不明就里，只是呆呆地看着她。只见她小鹿般清澈的眸子里噙满了泪水。

"……怎么会这样？是我做错了什么吗？"

"不，不是你的错。是我自己不好。"

"为什么是你不好？要是不说清楚，我是搞不明白的。"

但是，不管我怎么追问，麻衣子都缄口不言，只是不停地重复着"我不能再和你继续交往下去了，都是我的错"。

我很担心，担心到怒火中烧，便从长椅上气冲冲地站起身，把麻衣子一个人丢在那里径直离开了。离开的路上，不经意间回头一看，只见她低着头一个人坐在长椅上啜泣，孤独的影子看得人心都快碎了。我好想立刻跑回她的身边，但气愤还是占了上风，指引我离开了公园。

第二天，我给她打了个电话，请求重归于好，可麻衣子并没有回心转意的意思。她还说，以后就不要再见面了。询问理由，她还是坚持说是自己不好。

我追问她是不是有了其他的心上人。哪怕我再怎么迟钝，这点也是能够意识到的。麻衣子沉默了，低声说了句对不起。我感觉一阵头晕目眩。

那个人是谁？我有些不甘心。可她依然没有回答，气得我把听筒都给摔了。

就这样，我们分手了。因为我在法学院就读，而麻衣子是教育学院的，所以平日里基本上不会在学校碰上面。有过那么一两次，我在食堂和学生会看见过她，但一看见她就心如刀割，只好悄悄地躲开了……

不知她要找我商量什么事儿？我有些紧张，便愈发不想在只有一个电风扇的闷热房间里待着。于是，我便骑上自行车，去了学校。

奥村小组研究室里的空调，制冷效果真是出奇地好。只不过正值暑假，只有研二的小早川学姐一个人在那里。

"奥村老师来过吗？"我问。

"早上10点的时候来拿了些资料，然后就回家了。听说9月7日有个学术会议，到现在为止什么准备都还没做，所以从今天开始就得在家闭门干活了。别看奥村老师一副一丝不苟的认真模样，其实压根儿就不是那么一回事儿，真对不起他那个A型血，哈哈。"

"上次在研讨小组的慰劳会上，老师不还拿自己的血型举例子，说通过血型判断性格不靠谱吗？"

"非也非也，通过血型判断性格可是很尖端的科学哦。"小早川学姐嘟嘴抗议。

"对了，老师好像在找1990年5月号的《国际法学》，说是里面有能在学术会议时用得着的资料，不过在家里和这里都没找到呢。"

"确定是1990年的5月号吗？搞不好被我借走了，等我回去找找看。"

"老师还说了，如果知道是谁拿走了，还劳烦他给自己送上门去。"

"好嘞。"

虽然小早川学姐的桌子上已经摊开了书和笔记本，但她现在似乎也没有了继续学习的兴致，便和我聊起了天。反正到5点之前我都心神不定的，自然也非常欢迎。

从下午2点半到3点半，我们在研究室里聊了一个钟头。终于，小早川学姐正色道："不行不行，我得继续学习了。"说完重新看起了她的书，我也就识趣地离开了研究室。

为了确认奥村老师寻找的资料是不是在自己家里，我便又回到了公寓。找了一圈，发现那本1990年5月号的《国际法学》还真是被自己给借走了。于是我把杂志装进包里，前往奥村老师居住的大和田町的"月桂庄园"。老师家就住在603室。

老师的书桌上堆满了各种翻开的资料和笔记，看来他确实是为了准备学术会议而忙得不可开交。我把杂志递给他，他高兴得不得了，直说"你可算是帮了我的大忙了"，还给我泡了杯咖啡。

我一边喝着咖啡，一边想着和麻衣子约好了5点钟见面，有好几次都心不在焉地瞟了瞟手表。老师好像注意到了这一点，便问我："怎么，有约会？"

"不好意思啊，其实，我和朋友约好了5点钟见个面……"

老师心领神会地笑了。

"那你快去吧。痴心人甘愿落于人后，皆因奉心上人事事为先……"

"啊？"

"就是诗里的一节啦！你说的那个朋友，是个女孩儿吧？"

我害羞地笑着点点头。

"对了，这么一说我倒是想起来了，大概一年前，我在咱们学校附近的咖啡馆里看见你跟一个女孩儿在一起，不会就是她吧？"

"是的。"

老师闭上眼睛，仿佛在唤醒那段记忆。

"是叫什么来着？'是枝'小姐，对吗？我记得她的姓氏不太常见。"

"您真是好记性。她叫是枝麻衣子，是咱们学校教育学院大三的学生。"

"这样啊。那你喝了咖啡快点过去吧。"

我又羞赧地笑了笑，将咖啡一饮而尽，说了句"告辞了"，便离开了老师的家。

我用力蹬着自行车，朝向麻衣子在中野上町的公寓飞奔而去。澄澈的天空万里无云，烈日炎炎下，我汗如雨下。半路上看了看表，马上就要到5点了。麻衣子到底要和我商量什么呢？我仿佛又回到了少年时代，心中悸动不已。

永井公寓是一幢五层的公寓楼。当我走近一看，才发现公寓前早已是人山人海，还站了些身穿警服的警察。我觉得有些不可思议，便停下自行车来，向警察打听情况。

"请问这里出什么事了？"

"四楼的一位住户，被人从自家房间给推下楼，摔进后院里了。"

四楼的住户？

不祥的预感爬上身来。

"名字是——？"

"好像是叫是枝麻衣子吧。"

回过神来，我一把推开警察，从公寓门口冲了上去。身后不断地传来大喊声，但我也顾不上这些了，只顾着冲过走廊，推开后门冲进后院。

后院有一百五十多平方米那么大，到处都是盛开着向日葵的花坛，距离公寓楼大约一米远的地面上，横着一具白色的尸体。

是麻衣子！只见趿着拖鞋的麻衣子仰面倒在地上，身上穿的是一袭白色连衣裙。

　　我刚想要扑过去，却被现场的刑警给拉住了。我的右手被扭到了背后，顿时感到一阵剧痛袭来。

　　"你是什么人？"一位四十岁上下的长脸警官咆哮着问道。

　　"我是麻衣子——是枝麻衣子的朋友。我们约好了下午5点钟见面。"

　　"被害人的朋友？"

　　被扭到背后的右手终于被松开，我揉了揉胳膊。

　　"姓名？"

　　"高见恭一。"

　　我把下午2点接到麻衣子电话的事情告诉了长脸警官。

　　"想找你商量事情？那你知道是什么事情吗？"

　　"详细情况她也没说。哦，对了，能不能先告诉我麻衣子到底发生了什么？"

　　"她被人从自家阳台上给推了下来。下午4点半左右的时候，这座公寓的管理员像往常一样去给后院花坛里的花浇水，然后就发现了她的遗体。随后，他拨打了110。"

　　刑警目不转睛地盯着我说。

　　"对了，你说自己是被害人的朋友，是男朋友吗？你刚才叫她'麻衣子'了对吧？"

　　"确切地说是前男友。半年前，我们分手了。"

　　"前男友？哪有找前男友商量事情的道理……"

　　警察的表情里写满了怀疑。

　　"今天下午3点钟的时候，你在哪里？在干什么？"

　　我头脑一热。

"——下午3点钟,也就是说,麻衣子坠亡的时间是下午3点?"

"没错。这是法医做出死亡推定的时间。"

"你怀疑是我干的?"

"我只是例行公事。"

"下午3点钟左右,我还在大学的研究室里待着呢。有位学姐可以帮我作证。"

"研究室啊,从几点到几点呢?"

"2点半到3点半之间吧,大约一个小时。"

"虽然我没有怀疑你的意思,但既然问了,那就问清楚吧。请问是哪所大学的哪个研究室呢?"

"明央大学法学院的国际法研究室。奥村淳一郎是我的导师。"

长脸刑警离开了,只留下我一个人在酷热的后院角落里等待。

澄澈的天空依然万里无云,隐约中四合的暮色带来了傍晚的气息。微风拂来,花坛中的向日葵也随之摇曳。隔着花坛,我看见鉴识课的人还在后院里到处拍照,其他的刑警也都行色匆匆地穿来穿去。

没过多久,麻衣子的遗体似乎已经验尸完毕,被抬上担架运了出去。我茫然地望着她的离去。

我始终不敢相信。就在三个多小时之前,我还亲耳听到过她的声音。那令人怀念的声音依然回响在耳畔。然而斯人已逝,我再也听不到那清亮而温柔的声音了。

"我们刚才已经查验了你的证词。"

三十分钟后,长脸刑警返回来说。

"确实,2点半到3点半之间你都在研究室,那个叫小早川的研究生已经为你作证了。"

"凶手是——？"

"现在还不知道。我们正在调查公寓的其他住户，但还没有找到目击者。住在这座公寓里的基本上都是些学生、单身上班族之类的，没有拖家带口的，所以那个时间点基本上都不在家。而且对面的公寓也正在装修，朝向这边的一面正好全都覆盖了养护罩，也就不指望能从那里获得什么目击情报了。"

"凶手没有在现场留下指纹吗？"

"很遗憾，凶手仔细地清理了门把手上的指纹。而且，我们在被害人房间的桌子上发现了一个装着麦茶的玻璃杯，不过厨房的水槽里还放着一个刚刚洗好的玻璃杯。用意应该很明显了吧？"

"麻衣子把凶手请进门来，还为自己和凶手准备了两杯麦茶。凶手行凶之后，担心自己的指纹会留在杯子上，便去厨房把自己用过的杯子洗净了。凶手敢在光天化日之下将被害人推下阳台，看上去是个胆大妄为的家伙，但没想到居然也有心细如发的一面。"

"麻衣子走得痛苦吗？"

我之前已经暗自观察过了，麻衣子的身上没有被施暴的痕迹。

"无论是身上还是衣服上，都没有和凶手搏斗的痕迹。恐怕当时凶手是和她一起站在阳台上，然后突然把她给推了下去。"

长脸刑警说以后有可能还会找我问话，记下了我的住址、电话号码和学号，随后便让我离开了。

现在，时钟的指针指向了8点05分，沉寂的黑夜笼罩了上来，只有电风扇微弱的转动声回响在耳畔。

从麻衣子的公寓回来之后，我就去文具店买了这个日记本。然后，开始记录今天所发生的一切。

之所以会记录这本日记，只为找出杀害麻衣子的凶手。通过记录日记的方式来冷静地回顾事件，或许就能从中理出一点头绪。

警察是靠不住的。那个长脸刑警一听我说已在半年前和麻衣子分手了，就摆出一副难以置信的怀疑样子，好像她找我商量事情在骗人似的，甚至还把我当成了嫌疑人。这样的警察，根本就不值得信任。

作为法学院的学生，我也积累了逻辑思考训练的经验，现在是时候派上用场了。

麻衣子到底想和我商量些什么呢？或许正是事关她遇害的真相。

我一定要找到杀害麻衣子的凶手，一定！

9月2日

上午9点过后，麻衣子的母亲扶美子阿姨打来了电话。

"好久不见。"扶美子阿姨说，努力让声音听上去镇定如常。

"我想你应该知道了吧，昨天，麻衣子走了。"

"嗯。"

"我女儿应该有事情想找你商量吧，所以才会打电话约你见面。然后你去了我女儿的公寓，才知道发生了这样的事情……警察是这么告诉我的。"

"是的……"

"警察好像问了你一些非常失礼的问题，真的很抱歉。"

"不要紧的，您别放在心上。"

"今天下午就要把女儿从医院接回家了，晚上要为她守灵。明天下午2点，会在殡仪馆举行葬礼。拜托你这样的事情也许有些失礼，不过，如果方便的话，你能不能来呢？"

半年前，在和麻衣子分手之前，我曾多次到她在清水市的老家去做客。她的母亲扶美子是个开朗和蔼的人，总是热情地款待我。因为一起交通事故，在初中时我的父母就离我而去，之后我被远房亲戚不情不愿地抚养成人。之于我的这段经历，麻衣子的老家才让我真正感受到了家的温暖。

与麻衣子分手之后，最痛苦的不仅仅是她的离去，还有我再也没有理由跟她回老家，也再也没有理由承蒙阿姨的关照了。

"非常感谢，我一定去。"我回答说。

在那之后的一段时间里，我足不出户，满脑子都在思考着这起命案。虽然已经进入9月，烈日却丝毫没有收敛起它的光芒，只有一台风扇的房间里依然酷热难耐。我沉浸在思考之中，丝毫没有松懈的心情。

在麻衣子身上没有发现与凶手搏斗的痕迹，所以，凶手应该是出其不意把她推下去的。

比如说，凶手来到阳台，俯瞰后院，然后装作发现了什么东西似的叫麻衣子过来看看。麻衣子也来到了阳台，靠近栏杆俯身往下看去。就在这时，凶手突然蹲下，抱起麻衣子的双脚站起身来。如此一来，麻衣子的身体就会失去平衡，从楼上摔落下去……

那么，凶手是男是女呢？从体力上来看，是男性的可能性比较大。不过仅仅凭此就排除嫌疑人是女性的可能也是不妥当的，还需要进行更严密的推断。

在和我交往的时候，麻衣子房间的阳台上只放了一双适合自己双脚尺码的女式拖鞋。假设现在也是那样的话，如果凶手是女性，在来到阳台的时候应该会穿上那双拖鞋。而她叫麻衣子来阳台的时候，麻衣子就没有拖鞋穿了。所以，麻衣子应该会去玄关穿上自己的鞋子之后再去阳台，如此一来，麻衣子在坠楼的时候穿的应该是自己的鞋子才对。

但是实际情况是，麻衣子坠楼时穿着的却是拖鞋。这就意味着，当麻衣子被叫去阳台的时候，凶手穿的是拖鞋以外的鞋子。所谓拖鞋以外的鞋子，只能是放在玄关的凶手自己的鞋子了。而凶手之所以从一开始就穿着自己的鞋子去了阳台没有穿拖鞋，说明凶手穿不上麻衣子的拖鞋——也就是说，凶手是男性。

当然，即便凶手是女性，也有不穿阳台上准备好的拖鞋，而是从玄关取来自己鞋子穿上后再去阳台的可能。但是为什么放着现成的鞋子不穿，偏要去门口取鞋呢？这么一来，麻衣子恐怕会觉得可疑。我不认为凶手会采取这种招致怀疑的举动，所以说，凶手应该就是男性。

凶手是男性……

想到这里，我顿时心乱如麻。那个男人不仅走进了麻衣子的房间，甚至还和她在阳台上肩并肩地站在一起，关系如此亲密，难道是新男友吗？

现在是晚上10点多。刚才，我为麻衣子守灵回来了。此时此刻，我正在静冈车站前的一家商务宾馆写着这篇日记。

我终于知道了麻衣子遇害的原因。这个原因，给我造成了极大的冲击。

抵达麻衣子的老家是在晚上7点多。睹物思人，我不禁想起了曾经她带我来到这里时发生的种种，还有她那时的笑容和雀跃的脚步。明明只是半年前发生的事情，却恍如隔世。

玄关的门铃一响，门就开了。开门的是穿着丧服的扶美子阿姨。她和麻衣子长得很像，不过比她矮一些。见我来了，憔悴的脸上勉强浮出一丝笑意。

"——你能来真是太好了，快请进吧。"

棺材被安置在一楼的客厅里。棺材旁边，一位五十多岁的西装革履的男子，默默地坐在那里。我从未见过这个男人。

"——这是麻衣子的父亲。"

扶美子阿姨悄悄地对我说。

麻衣子很少向我提起父亲的事。只知道他和单位的同事搞婚外情，在麻衣子读高中的时候就离家出走，和外遇对象鬼混去了。八个月前，扶美子阿姨终于和他离了婚，麻衣子便由原来的"原田"改姓了"是枝"。

"我叫原田弘明。"叔叔向我深深地低下头，说道。

我也慌忙低下头，自报家门。

犹豫再三，扶美子阿姨还是开了口。

"虽然跟你说这个有些难以启齿，但我还是觉得让你知道比较好。那我就直说了……司法解剖的结果出来了，警方说麻衣子已经有了三个月的身孕，是个男孩。"

"三个月的身孕……"

我感觉自己的心像被刀割一样难受。虽然半年前，在和麻衣子分手的时候，我就知道她喜欢上了别的男人，但当这个猜测最终以怀孕的形式得到了证实，痛苦之情简直无以言表。

"警方认为这就是麻衣子被杀的原因。他们猜测，凶手应该就是麻衣子腹中胎儿的父亲，因为麻衣子的身孕会给他造成巨大的影响，所以就把她给杀了。"

从对阳台拖鞋的推理中,我就得出了凶手是和麻衣子关系十分亲密的男性的结论。

看来,我的推理是正确的。

"……你知道麻衣子的新任男友是谁吗?"

"警察也曾问过我这个问题,但我和原田都一无所知。麻衣子从来都没跟我提起过这些。在和你交往的时候,她还经常打电话给我,有说有笑地跟我讲述你们之间的事……听说警方也向麻衣子的朋友们问询情况了,但她好像连和朋友们都没说起过。"

"麻衣子为什么对我和她的朋友都守口如瓶呢?"

扶美子阿姨悲伤地摇了摇头。

"不知道……麻衣子经常和我们提起你,为什么会对新恋人绝口不提呢……"

"不好意思,请问麻衣子腹中胎儿的血型是?"

"听说是AB型。"

麻衣子是B型血,所以可以推断出孩子的父亲是A型血或者是AB型血。而我是O型血,似乎连血型都否定了我和麻衣子最后联系在一起的可能。

"话说,麻衣子到底要跟你商量什么事情呢?"扶美子阿姨自言自语地说。

"难道是和肚子里的孩子有关系?"

"我倒觉得不是。如果是想商量腹中胎儿的事情,也应该先和母亲商量才是。"

"话是这么说……"

一瞬间,我萌生了一个可憎的念头。麻衣子会不会是想告诉我自己怀了孩子,在明知我和这个孩子没有血缘关系的情况下将他托付给我……

想到这里，我不禁对自己的卑劣想法感到深深的厌恶。麻衣子绝对不是会做出那种事情的女人。虽然和她交往的时间不长，但我还是能够感觉到她的真诚。如果扶美子阿姨知道我在某个瞬间闪过了这样一个念头，应该会对我很失望吧。

那么，麻衣子究竟想和我商量些什么呢？她说"能和我商量的人就只有你了"，是什么意思呢？

在商务酒店的一个房间里，我绞尽脑汁地思索着。

麻衣子的新恋人是谁呢？比起我来，能让麻衣子更喜欢他的男人，究竟是个怎样的男性呢？

每每想到这个问题，都让我有一种切肤之痛。但是，为了查明杀害麻衣子的凶手，无论如何我都不能逃避。

首先是血型。

从麻衣子腹中胎儿的血型和麻衣子的血型可以推断出，新男友的血型是A型或AB型。这是新恋人的第一个条件。

其次是年龄。

麻衣子曾不止一次地对我说过"我喜欢你成熟的样子"。确实，和其他学生相比，我可能更稳重些。因为我比绝大多数的同班同学都年长三到四岁。父母去世以后，我被关系疏离的远房亲戚收养，高中毕业后就离开那里去钢铁厂做了四年工，赚够了学费之后才去上了大学。所以和其他同龄人相比，我不仅是年龄大，社会经验也要丰富些。或许这就是我看上去比其他同学成熟稳重的原因吧。

但是，在分手之前的那段时间里，麻衣子又时不时地会说我"你真是孩子气啊"。如此想来，麻衣子应该是在拿我和新男友比较吧。就连比其他同学都显得成熟稳重的我，和那个男人相比都显得孩子气许多，说明那个男人应该是个成熟的男性。这是第二个条件。

此外，还可以推导出另一个条件。根据扶美子阿姨的说法，麻衣子对母亲和朋友都没有提及新恋人的事情，而是一直保密。可在和我交往的时候却时常和大家说起我。为什么会有这种反差？只有一种可能：新恋人是不能见光的对象。

不能见光，就是第三个条件。

那么，所谓不能见光的交往对象，又会是什么人呢？最先想到的就是有妇之夫，这也符合"年龄比麻衣子大得多"的第二个条件。难道麻衣子当了别人的情妇？

但是，麻衣子对婚外恋一直都持批判的态度，毕竟多年来，她一直看着母亲因父亲外遇离家而苦不堪言。那样的她，是不会去重蹈覆辙的。

抑或是，麻衣子的新恋人是个黑社会？和那样的人交往，一定会让亲朋好友担惊受怕，所以才缄口不言。

不，这个想法真是太愚蠢了。别说黑社会了，但凡和乱七八糟的暴力沾点边的东西，麻衣子都厌恶至极。她喜欢的是知性和沉稳。

她那位见不得光的交往对象，究竟是何方神圣？

9月3日

麻衣子的葬礼从下午2点开始，在清水市的国营殡仪馆举行。

我是在1点40分左右到达殡仪馆的。会场上拉着帷幕，一张张折叠椅排列得整整齐齐。来宾已有半数入座，其中年轻人有将近三十人，大概是麻衣子的朋友和研究小组的同学吧。很多女孩子都哭红了眼。时不时地与她们进行交谈的年长男士和女士，应该是研究小组的导师，或者是小学、初中、高中的班主任。

有三位穿着黑色西服的中年男子也参加了葬礼。他们目光锐利，但看上去和麻衣子的离世都没什么关系。其中一人，就是那个长脸刑警。因为推断凶手也可能会在被害人的葬礼上露面，所以警察也参加了被害人的葬礼。三个人装出一副若无其事的样子，暗中观察着所有前来参加葬礼的礼宾。

扶美子阿姨和原田弘明并排坐在家属席上，耷拉着肩膀，弓着背，看上去苍老了许多。

棺材就安置在大厅正面的祭坛上，上面摆放着麻衣子的遗像。照片上的麻衣子无忧无虑地笑着。那洋溢着幸福的笑靥，恐怕从未想到过自己的人生居然会在某一天被突然画上句号。想到这里，我感到一阵窒息，仿佛胸口被死死揪住。

看着那个笑容，我的记忆又回到了和麻衣子初次相遇的那天。

那是两年前，5月19日的下午，在JR八王子站中央线的月台上，我站在候车队伍的最前端。

那段时间，我正处于严重的抑郁状态无可自拔。一直以来，在父母去世之后直到我上大学的那段时间，我都受紧张和不安所困。但在收养我的远亲面前，我又不得不掩藏自己的真实感受。在工厂打工的那几年，每每在结束了一天的疲惫工作之后，我还得继续学习到深夜。虽然很辛苦，但为了生活，为了挣学费上大学，我又不能随便辞职。我真的能如愿以偿进入大学成为一名学者吗？还是只是痴心妄想，其实终其一生都将日复一日继续现在这种日子？每日每夜，这种不安一直包裹着我、折磨着我，压得我透不过气。好在压力成了动力，我终于梦想成真，考上了大学。

物是人非，我的心变得像铅块一样沉重，眼前的风景全都蒙

诡计博物馆　087

上了一层灰色。于我而言,世间的一切都没有了意义,我不知道自己一直那么努力地坚持到现在究竟还有什么价值。

眼下连一个倾诉的对象都找不到。每天为了生活而疲于工作的自己,其实根本就没有融入到研究小组的同学之中。

为了赚取生活费,我每天都在不停地打工,根本就没有心思去想其他。

那天,我难得有空休息,突然对自己狭小的房间感到厌烦起来,想去看看大海,于是,便出发去了东京湾。

列车从站台一端驶来。一瞬间,我竟然升起来一种想要跳入铁轨的冲动。那样一来,我就可以一了百了了。没有心重如铅,也不会再被这个毫无意义的世间折磨。我迈出了脚步。

就在那个时候,有人轻轻地拍了拍我的肩膀。

我惊讶地回头一看,原来是一个身材小巧的年轻女孩儿,脸上挂着怯生生的笑容。

"不好意思,您的领子好像翘起来了……"

我低头看了看自己的短袖衬衫,确实,领子是翘着的。可能是心情烦闷的缘故,我竟然连领子都忘了翻下来。

谢谢。我结结巴巴地说。身后传来列车驶进站台的声音。一瞬间,冲动烟消云散。想到自己刚才的举动,我惊得毛骨悚然。

于是,我再次打量了一下眼前的这个女孩儿。她留着短发,皮肤白皙,模样俊俏可爱,还长着一双小鹿般迷人的眼睛。她穿了一件白色衬衫,蓝格子的百褶裙,拿着手提包。若不是她,我恐怕早就跳进铁轨被碾成肉泥了吧。是她救了我一命。这时,在令人生厌的站台上,她的身上仿佛被打了一束聚光灯,从头到脚都闪烁着耀眼的光芒。

列车门开了,我和她进入车厢,肩并肩地坐在两个空位上。

"那个，您就是在开学典礼上代表新生致辞的那位吗？"

她猛不丁地跟我说话，让我吃了一惊。

"啊啊，是我……"

在开学典礼上担任新生代表进行发言的我，居然陷入了抑郁状态，听上去真是可笑。

"其实，我也是明央大学大一的学生。我叫原田麻衣子，教育学院的。"

"我是法学院的高见恭一。"

"能当上新生代表，入学考试肯定考得很好吧？真是了不起。"

她哧哧地笑了，然后羞红了脸，说了句"失礼了"。

"不不，我不介意的，不过我倒是真的年纪大，大概比其他同学大个三到四岁吧。"

我向她说起自己在钢铁厂工作了四年的事情，惊得她眼睛都瞪圆了。

我开始享受和她聊天的乐趣。像铅一般沉重的心终于放松了下来，灰色的天空也渐渐放晴了。就在她毫不知情地拯救了我的生命的那个瞬间，我爱上了她。

"你今天准备去哪里？"我问。

"去上野的西洋美术馆。我可喜欢参观美术馆了。我特意考了东京的大学，也有一半这个原因吧。"

"今天你是一个人去吗？"

"嗯。本来约好了和我一起来的同学突然有了急事……"

那时，我突然提出了一个非常大胆的请求。

"如果可以的话，我陪你一起去，好吗？"

我满脑子都想着和她待在一起，能有多久就待多久。可刚一说出口，我又有些后悔了，担心我的唐突会惹恼了她。我惴惴不安地等待着她的回应，担心笑容会从她脸上消失。

庆幸的是，她的脸上依然挂着笑意。

"但是，高木同学您不也有自己的事情吗？"

"没，没什么事情的。我就是闲得无聊，才想坐电车随便逛逛而已。"

"那行，咱们就一起去吧。"

她毫无顾忌地说。

那天，我们在西洋美术馆度过了一个难忘的下午。参观完之后，我们一边在咖啡馆里品尝着红茶和蛋糕，一边交流着对展品的感受。回到八王子车站之后，我们留下了彼此的电话号码，约好在我的下一个休息日再一起去参观美术馆。随后，便互相告别了。

就这样，我不仅被拯救了生命，还遇见了那个让我坠入爱河的她。于我而言，这个世界不再毫无意义。

——可即便这样，我依然无法拯救麻衣子。麻衣子拯救了我，但在她最最痛苦的时候，我却什么都做不了。

葬礼结束，到了出殡的时间。

"这就是最后的告别时刻了。"殡仪馆的工作人员一边这么说着，一边打开了棺材的盖子。每个前来参加葬礼的礼宾都手持花束，把它们放进棺材。我也拿起一束百合花，走近了棺材。

化着漂亮妆容的麻衣子安详地沉睡在锦簇的花束中间。我将手中的百合轻轻地放在了她的脸颊旁边。

麻衣子，在我心中闪耀着光芒的麻衣子，拯救了我生命的麻衣子，永别了。虽然时间很短，但能够和你成为恋人，我打心里觉得万分幸福。

所有礼宾都把花束放入棺木之后，工作人员就盖上了棺盖，钉上钉子。扶美子阿姨痛苦地用双手捂住脸，葬礼上的宾客全都痛哭不已。

运送遗体的车子停在了会场的出入口。会让谁去抬棺呢？正当我心不在焉地思考着的时候，扶美子阿姨向我招了招手。我走到她的身边。

"恭一君，您方便来帮忙抬棺吗？"

"……以我的身份，合适吗？"

"当然可以。"

原田弘明，扶美子阿姨的弟弟，麻衣子的研究小组导师，中学时代的班主任，殡仪馆的工作人员，还有我，一共六个人。我们举起棺材抬上车。因为殡仪馆里也有火葬场，所以棺材只需要在殡仪馆内移动。殡仪馆的工作人员把车子开进了火葬场，礼宾们紧随其后。原田弘明和扶美子阿姨捧着遗像，跟在后面。

车子来到火葬场的焚化炉前，停了下来。棺材刚一滑进去，炉门就无情地关闭了。

凝视着关闭的炉门，我突然明白了自己今后的使命。

初次邂逅麻衣子的那天，她拯救了我的生命，但现在我却无力挽救她的性命。那么，我能做的就只剩下一件事了——杀死那个杀害麻衣子的凶手。

就算我查明了凶手是谁，报警后最多也就只能让他蹲几年监狱。刑满释放后，他还是能够逍遥自在地活在世间，而麻衣子却永远地失去了生命。这太不公平了。

既然麻衣子被夺去了生命，那么凶手也必须承受同样的惩罚。

我之所以决定不依赖警方，而是自己去追查凶手，其实就是因为这个初衷吧。不过杀人的想法有些太过可怕，所以在意识到

诡计博物馆 091

这点之后,我编了个"因为警察不靠谱,才不能指望他们"的理由来宽慰自己。

然而这样不行,我必须直面自己的内心。我要杀了那个凶手。

不过杀了凶手之后,我肯定也会被警察追捕。但是,那也无所谓了。

我没能守护好麻衣子,当她最最需要我的时候,我却没能打败凶手保护好她。

事到如今,我唯一能做的,就只有为她复仇了。

在麻衣子的骨灰被送来之前,参加葬礼的礼宾都集中在殡仪馆的休息室等候。讽刺的是,因为担心扶美子阿姨悲伤过度,原田弘明还时不时温柔地宽慰她。失去麻衣子的悲伤,再次将两个人联系在一起。如果一开始就是这样,恐怕麻衣子就不会从"原田"改姓为"是枝"了⋯⋯

这么想着的时候,我突然回想起一件奇怪的事情。

前天,也就是我把《国际法学》还给奥村老师的那天,他曾经提起过一年前他在我们学校附近的咖啡馆里看见过我和麻衣子,还说了句:"'是枝'小姐,对吗?我记得她的姓氏不太常见。"可是,那个时候麻衣子的父母还没有离婚,她对外还一直宣称自己姓"原田"。所以,即便老师还记得她,也该记得她当时是姓"原田"的。

然而,奥村老师却说她姓"是枝"。

这只能说明一点,麻衣子的父母离婚之后,老师应该和麻衣子见过面。

而奥村老师却对此只字未提。他是在有意隐瞒自己一年前在咖啡馆邂逅麻衣子之后还和她见过面的事实。

那么，为什么要隐瞒呢？

在我的脑海中，浮现出了一种很难想象的可能性。

——难道说，麻衣子的新恋人，她腹中胎儿的父亲，是奥村老师？

我发现，老师恰恰能够满足麻衣子新男友的三个条件。

第一，血型是A型。在研讨小组的慰劳会上，他曾极力主张通过血型判断一个人的性格不靠谱，还拿自己来举例子，说别看自己是A型血，但完全不是那种一板一眼的性格。而麻衣子腹中的孩子的生父只能是A型血或者AB型血，所以这个条件能够满足。

第二，他今年五十二岁，比麻衣子年长许多，是既知性又稳重的类型，正好符合麻衣子的期待。

第三，是不能公开的交往对象。或许对麻衣子来说，和其他学院的单身老师谈恋爱也不是什么问题，但站在奥村老师的立场就不一样了。我们学校之前有过老师因师生恋而吃苦头的先例，如果和麻衣子的交往曝光，那么老师也会受到严重警告。所以，老师一定会嘱咐麻衣子不要向母亲和朋友们提起两人交往的事情。

而且，老师知道麻衣子和我谈过恋爱。如果让我知道麻衣子的新恋人居然是自己的老师，那么不管是在研讨会上还是在研究室里碰面，都会很尴尬。出于这方面的考虑，他也必须让麻衣子守口如瓶。

这么想来，我似乎已经知道麻衣子要和我商量的事情是什么了。

能够让她困扰不堪的，就只有和怀孕有关的事情。如果说腹中胎儿的父亲是奥村老师的话，就不难解释当时她会觉得"事到如今，能和我商量的人就只有你了"。因为毕竟我是奥村老师的学生，麻衣子若是想了解有关老师的事情，找我是最好的人选。

老实说，奥村老师还是很受女生欢迎的。所以麻衣子想要打探的，应该就是到目前为止，老师是否曾像与自己交往一样和学院里的其他女生谈过恋爱？那个女生有没有怀过孕？如果有的话，他们又是怎么分手的？总之就是这一类的事情吧。

当然，关于这些，我毫不知情。但是麻衣子看着自己渐渐隆起的肚子，越来越不知如何是好，所以才鼓足勇气给我打了电话，因为我，是她的最后一棵救命稻草。

向自己的前男友打听这样的事情，估计她也鼓起了十分的勇气吧。想到麻衣子居然被逼到了走投无路的地步，我不禁顿感悲怜。

不管怎么说，麻衣子想要和我商量的这件事，也证实了奥村老师是麻衣子新恋人的假说。

奥村老师是我尊敬的老师，他怎么会杀了麻衣子呢？面对突如其来的可怕的疑惑，我有些茫然。

这时，扶美子阿姨走了过来，对我说："我有些话想对你说，你能过来一下吗？"于是我跟着她走出休息室，来到大厅的长椅上坐了下来。

扶美子阿姨凝视着我，眼睛和鼻子都变得通红。沉默了良久，她才开了口。

"我有些担心你……你可别做什么傻事啊。"

"傻事？您是说……"

"虽然我也说不清楚……比如说自杀，或者……"

"或者？"

"或者向杀害麻衣子的凶手复仇。"

我不禁吓了一跳，但还是勉强地挤出一个笑脸。

"我可做不出那种事情。虽然我也十分憎恨那个凶手，但自己毕竟能力有限，也没有追查的能力，所以还是交给警方处理吧。而且，杀人什么的，单是想想就觉得不舒服。"

扶美子阿姨似乎自认为说服了我，点了点头。

"是啊，是啊，对不起，刚才说了些奇怪的话。"

"别往心里去，我不介意。"

"我只不过看到你现在的样子，有些担心而已……"

"我现在是什么样子？"

"看上去一直在拼命地思考着什么……好像是下定了什么不得了的决心，一个无法挽回的、会让你的人生陷入不幸的决心……"

"您多虑了，别担心。"

"请您相信我，我是真心把你当亲儿子看待的。我已经失去了女儿，不能再失去你这个儿子。所以，请一定要好好保重自己啊。"

"谢谢您。"

一瞬间，眼泪忍不住涌了上来。我赶紧转过脸去。对于初中时就遭遇父母双亡的我来说，扶美子阿姨的话真的说到了我的心底。有那么一瞬间，自己复仇的决心几乎就要动摇了。但是，我不能放弃复仇。这是我能够为麻衣子所做的唯一的事了。

现在已经过了晚上9点。我乘新干线回到东京，在自己的公寓里执笔记录。

不管怎么想，杀死麻衣子的凶手都只能是奥村老师。那么，我要向老师寻仇吗？

毕竟他是我的恩师，我，能杀他吗？

而且，即便我知道老师就是凶手，也没有能够证明他犯下罪行的证据。会不会他把麻衣子的姓氏说成"是枝"不过是口误，再或是我自己听错了?

要不要单刀直入地问问他是不是杀了麻衣子?根据他当时的反应,应该就能真相大白了。

如果老师是被冤枉的,那么他一定会一脸茫然地看着我。如果是那样的话,我就向他道歉。但是,如果他真的就是凶手的话,脸上应该会写满惊愕和狼狈。那个时候,我就向他复仇。

我现在正穿着和麻衣子初次相遇那天所穿的短袖衬衫。就是她提醒我翘着领子的那件衬衫。充满回忆的衬衫。让她拯救我的生命、成为与我相知相爱契机的衬衫。我相信这件衬衫一定能够赐予我力量。

一切都结束了。我杀死了奥村淳一郎。

晚上9点半,我来到了大和田町的月桂庄园。

"深夜前来拜访,十分抱歉。不过有些事情,我一定得找老师谈谈⋯⋯"

听了我的话,奥村老师一脸疑惑,但还是把我请进了门。

他把我带到了书房。书桌上堆满了资料和笔记本,他似乎在忙着准备9月7日的学术会议。奥村老师请我在沙发上坐下。

"那么,你想跟我谈什么事呢?"

"杀害麻衣子的凶手,就是老师您吧?"

我开门见山地说。顿时,奥村的脸变得煞白。

"——什么乱七八糟的,快别说这种傻话了!"

话虽这么说,但通过他的面部反应,我清楚地知道自己的推理是正确的。

围绕着阳台上的凉鞋,我向他一步一步地叙说着自己的推理。杀死麻衣子的一定是和她非常亲近的男人。而且,麻衣子已经有了三个月的身孕,所以杀害她的只能是她的恋人。"

"——什么叫杀害她的只能是她的恋人?再说,我又怎么可能是她的恋人呢?"

我指出了前天见面时奥村老师的失言。明明在一年前见到麻衣子的时候她还姓"原田",奥村老师为什么会称她为"是枝"小姐呢?麻衣子腹中胎儿的父亲是A型血或AB型血,A型血的奥村符合这个条件。而且,新男友比麻衣子年长很多。根据麻衣子对母亲和朋友都没有提起过新男友可以推断出,对方是个不能公开交往的对象。

"我有说过她姓'是枝'吗?你肯定是听错了。要不是你今天说起她父母离异的事情,我还不知道她从'原田'改姓了'是枝'呢!"

正如我所料的那样,奥村坚持是我听错了。

"那么老师,您知道DNA鉴定吗?"

"DNA鉴定?"

"没错,通过鉴定可以确认出亲子关系。我不知道麻衣子腹中的孩子是不是您的,但如果老师否认的话,我只好请求警方来做这个鉴定。"

"谁爱做谁去做,反正我是不会去做这个鉴定的!"

"如果麻衣子腹中的孩子不是您的,为了自证清白,您不也该去做这个鉴定吗?为什么拒绝?"

奥村紧咬嘴唇,目光游离不定地陷入了沉默。似乎想要反驳,但思考了一段时间之后,他终于败下阵来。

"——没错,是我干的。"

"为什么要和麻衣子交往呢?"

奥村嘟嘟囔囔地说起了事情的原委。

一年前，在我们学校附近的咖啡馆，我和麻衣子遇见了奥村。在我向他介绍麻衣子的时候，奥村就感觉自己已经被麻衣子深深吸引了。之后，他装作偶然邂逅的样子邀请她吃饭，还让她不要告诉我，美其名曰怕我多心。从那以后，奥村几次三番地邀请她一起去美术馆和电影院约会，两人的交往随之升温。

渐渐地，麻衣子也被奥村吸引住了，她对我的感情也随之渐渐冷淡了起来。这件事让她很痛苦。明明已经对我没了感觉，却还要若无其事地继续交往下去，对我而言也是一种不尊重。所以在半年前，她终于提出了分手。

当时，我并不知道她移情别恋的对象会是奥村，而麻衣子也知道我对奥村老师一直心存敬意，害怕告诉我真相会伤害到我。

在和我分手之后，麻衣子就一直被负罪感折磨。为了逃避，她和奥村的交往便更进了一步，两人发生了关系。一个月后，麻衣子发现自己怀孕了。她很苦恼，只好告诉奥村，想要和他结婚。

"……我是个不喜欢被婚姻束缚的人。虽然和她说过很多次，但她始终都听不进去，前天也是。那天中午11点左右，她打电话来说想找我商量一下，让我下午3点之前到她住的公寓去一趟。我去了，她却告诉我自己不准备去堕胎，执意要把孩子生下来带大。如果真的那么做了，对我来说无疑是个定时炸弹，我得天天抱着这个定时炸弹活下去。于是我开始厌恶起她来。我想去阳台上透透气，但阳台上只放着一双女士拖鞋，我穿不上，便回玄关穿上自己的鞋回到阳台。对面的公寓全都蒙了一层养护布。这时，我突然像着了魔般地想，要是现在把她从这里推下去的话，一定神不知鬼不觉……于是，我便谎称后院里落下了个奇怪的东西，把她叫到了阳台，然后指着下面给她看。就在她扒着栏杆往下看的时候，我猛地弯下身子，抱起她的双腿就起身给翻了下去。她还来不及呼叫，就一头栽到了后院。

"我往下看了看，只见她一动不动地仰面躺在那里，应该是死了吧。毕竟是从四楼摔下去的。突然，我后怕了起来，便回到房间，将自己喝过的麦茶杯子刷洗干净，清理了门把手上的指纹，然后就离开了那里。

"刚回到家没多久，你就带着《国际法学》来还书了。见你一直心不在焉地看手表，我就猜测你是不是约了女孩子见面。万一那个见面的女孩是麻衣子的话……于是我就借着话头试探了你一下，果然如我所料。我极力装作镇定的样子，为了不让你起疑，便催促你快点去别迟到了……从那天起，我就一直活在焦虑当中，连学术会议都没心思准备了……"

终于说完了。奥村如释重负地瘫在沙发里，仿佛虚脱了一样。

而在我心中，所有的感情都集结成一个冰冷的念头：杀了他。事到如今，真相大白，我想我可以下得去手了。

"——现在你打算怎么办？去向警方自首吗？"

"我才不会做那种傻事呢。"

"不去自首？你是准备苟且偷生吗？"

到底还是个以自我为中心的男人啊。我站起身来，拿起他放在书桌上的裁纸刀。

看到这一幕，奥村吓得脸上的肌肉都扭曲了。

"难不成你还想……"

我向他逼近过去，奥村突然站起来，挣扎着想要转身逃跑。我用右手紧握住裁纸刀，狠狠地刺向他的后背。奥村的身体倒了下去，趴在地板上一动不动。

脉搏已经停止了跳动。他死了。手起刀落的瞬间，裁纸刀刺穿了他的心脏。就在几个小时之前，他还算是个让我尊敬的男人，但此时此刻，我对他充满了愤怒和轻蔑。他就这么死了，脸上还带着惊愕。

我看了看表，现在是晚上10点差2分。

我取出手帕，擦去了留在刀柄上的指纹。随后，我仔细检查了沙发、门把手，确保没有留下自己的痕迹。随后，我用手帕缠住手指，关掉了书房的空调，转而来到餐厅，清理好门把手上的痕迹，继而擦了擦门廊上的把手和门铃按钮。如此一来，我留在奥村家的指纹应该就全部擦干净了。

走出门廊的时候，一个四十岁出头的中年妇女迎面走了过来。我本能地吓了一跳。只见她拿着手提包，一脸疲惫，应该是加班到很晚才回到家吧。我极力避免和她眼神接触，继续下楼。身后传来关门的声音。看样子，她是奥村对门的邻居。

也许她已经看到了我走出奥村的房间，不过没关系，肯定没事的。我只能这么安慰自己。她是在我关上门之后才走上楼梯的，所以，应该没有看见我从奥村家走出来的那个瞬间。

就算她真的看见我从奥村的房间里出来，可等警察发现尸体也该是几天之后了。到那个时候，即便警察向邻居询问那天的可疑人物，她也该想不起我的样子了。所以，不用担心。

退一万步讲，就算他们知道是我杀死了奥村，那又能怎样呢？我是家里的独子，没有其他兄弟姐妹的羁绊，自从初中时父母因交通事故去世之后就被远房亲戚领养了。高中毕业之后我就离开了家，从此之后就再也没和亲戚见过面，也再无联络。即便身边的朋友会对我的行为感到惊讶和悲伤，但也不会给他们的人生造成不好的影响。

"请一定要好好保重自己啊。"

在麻衣子的葬礼上，扶美子阿姨所说的这番话突然在脑海中浮现了出来。

是我辜负了她的信任。若扶美子阿姨知道我杀了奥村，一定会又生气又伤心吧。但是，我别无选择。

麻衣子，我为你复仇了。你开心吗？

不，你应该不会开心的。

你的心地是那么善良，所以，即便他是害你于不测的那个人，你也不希望看见他被杀吧。

更何况，我还是那个被你抛弃了的男人。即便你知道了是这个男人替你报的仇，也没有什么好开心的吧。

好吧，这些我都知道。杀死奥村，只不过是我的自我满足，仅此而已。

但我别无选择。这是我所能为你做的唯一的事情了。在你最痛苦的时候，我没能陪在你的身边，没有好好守护你，这是我所能够为你做的，唯一的补偿了。

2

寺田聪轻轻合上了那本陈旧的校园日记，叹了口气。

在助理室那污渍斑斑的工作台上，除了日记本之外，还有那把作为凶器的裁纸刀，以及装着被害人生前所穿衣服的塑料密封袋。这是二十年前，也就是1993年9月，发生在八王子市那起杀人案件的证物。

寺田聪刚刚看完的，是已故的嫌犯留下的日记。其实起初他没抱什么目的，但一边机械地做着给装有证物的袋子扫码、贴标签的事务性工作，一边不知怎的就被挑起了兴趣。他从密封袋中拿出日记本，翻开封面。纸面上自动笔留下的字迹看上去有些乱，似乎是写得太急的缘故，却传递出一种强烈的紧迫感。目光随着日记游走，不经意间就深陷其中，恍然结束，才发现自己在不知不觉间就已经把整本日记给读完了。

被发落到这个三鹰市警视厅附属犯罪资料馆已经三个多月了。寺田聪主要的工作任务依然是贴标签。犯罪资料馆正在构建一个只要用扫码枪扫描证物袋上贴着的二维码标签，就能从电脑上看到证物相关案件信息的数据系统。馆长会在阅读完案件的搜查资料之后将信息汇总，然后通过邮件的形式发给寺田聪，再由寺田聪将证物和二维码一一对应，同时将标签贴在密封袋上。

牵头构建这个系统的就是现在的馆长。据说八年前，她刚上任，就开始马不停蹄地在警视厅CCRS系统的基础上构建这个系统了。遗憾的是，犯罪资料馆能干活的就只有馆长和一名助理，所以这项工作的进展十分缓慢。直到八年后的今天，才开始录入1993年的案件。寺田聪来到这里的三个月，每天都在为这年发生的案件证物贴标签。

他现在要处理的，就是1993年9月这起发生在八王子市的案件。

在这起案件中，共有三人死亡。一切都源于9月1日所发生的那起女大学生遇害案。死者是一个名叫是枝麻衣子的女大学生，当时住在中野上町的永井公寓，被人从自己住在四楼的房间阳台上给推了下去，然后坠楼而亡。她是八王子市明央大学教育学院大三的学生。推定死亡时间是下午3点左右，根据司法解剖，证实其在事发时已有三个月的身孕。警方怀疑死者腹中胎儿的父亲就是嫌疑人，但那个人究竟是谁，父母和朋友均表示毫不知情。

9月4日，在元本乡町一处名为"泉乐庄"的学生公寓里，发生了一起盗窃案。当时公寓里一楼的住户不在家，窃贼就用玻璃刀划开窗户玻璃，然后将手伸进洞中去开了锁。在那三个房间里住着的都是大学生，存折、现金都被盗了。询问案情的搜查员觉得其中那个叫高见恭一——当时是明央大学法学院的大三学生——的受害人神色可疑，因为其他两名受害人都只是单纯地对失窃一事表示懊恼，而他却明显地流露出某种不安的情绪。但是，即便搜查员觉得可疑，却没有继续追究下去，毕竟再怎么说，高见也是受害人之一。

那个让高见恭一感到不安的理由，也终于在9月6日以一种出人意料的方式浮出了水面。那天上午，警视厅收到了一封匿名信，里面装着的正是那本校园日记。"这是我在清点四天前的战利品时偶然发现的，想来你们警方应该会感兴趣，所以就寄了过来。"信纸上的字迹明显刻意掩饰过，自然，上面也没有留下指纹。

看了校园日记上记载的内容之后，搜查员感到非常惊讶。那是高见恭一的日记。原来，高见恭一是9月1日遇害的是枝麻衣子的前男友，凭着一己之力查明了麻衣子腹中胎儿的父亲就是自己研讨小组的导师奥村淳一郎，在证实他就是杀害麻衣子的凶手之后，3日晚上将其杀害。

警方当即前往奥村所住的大和田町的月桂庄园，果然，在书房中发现了他遇害的尸体。死亡原因正如日记中所记载的那样，是被裁纸刀从后背刺入而当场毙命。裁纸刀上的指纹已经被清理干净了。

至此，9月4日泉乐庄盗窃案中的受害人之一——高见恭一神色异常的原因便大白于天下。因为日记里记载着奥村遇害的来龙去脉，所以当他发现日记被偷时才会如此不安。窃贼在高见房间里发现了这本日记，然后发扬了与他身份完全不符的公德心，将其寄到了警视厅。

为了向高见调查取证，搜查员急忙前往泉乐庄。赶到的时候，那小子刚要出门，一见搜查员的影子就飞快地逃走了。不巧在拐弯时遇到迎面开来的大卡车，慌不择路的高见反应不及，当场毙命。

由于嫌疑人意外死亡，便无法再从他的口中取得证词了。这对警方来说是个沉重的打击，幸亏有那本日记在，才使得事后的取证有迹可循。

9月6日,当奥村的尸体被发现时,作为案发现场的书房内已经关闭了空调,房间里热得像个蒸笼。而当时刚刚进入9月,秋老虎的余威仍在,室温曾一度飙升到30摄氏度以上。尸体就暴露在如此闷热的环境里,尸变现象自然极其迅速。考虑到气温因素,法医推定奥村的死亡时间正是三天前,也就是9月3日。这也符合高见日记中在9月3日晚上10点杀害奥村的记载。

根据调查取证,住在奥村隔壁的女性曾目击过疑似高见恭一的人物从这里出入,时间就在9月3日晚上10点过后。这和日记的记载完全对得上。

在调查了奥村淳一郎和是枝麻衣子各自的电话通话记录之后,可以确定两人之间有着频繁的电话往来。同时,在奥村和麻衣子两人的公寓房间里,也发现了对方的指纹。这就坐实了两人的恋人关系。而且,麻衣子腹中胎儿的生父还需是A型血或AB型血,而奥村恰恰就是A型血。随后警察对当事人进行了DNA鉴定,确定了麻衣子腹中胎儿的生父就是奥村的事实。

奥村淳一郎教授,时年五十二岁,是位国际法专家。事发四年前离异,此后一直单身。因为身材高大、五官深邃、气质谦和、知性、稳重,深受女生喜爱。不过这个人生活作风轻浮,此前曾有过多次和女生暧昧的传言爆出,据说这也是导致他离婚的原因之一。

据通话记录显示,9月1日上午11点钟,麻衣子在自己家给奥村打过电话。就是这个电话,让奥村决意下午去麻衣子家拜访。在麻衣子的公寓里,他们进行了最后的协商。因为麻衣子执意拒不堕胎,所以奥村杀心渐起,终于在下午3点左右将麻衣子推下了阳台……

另外,根据通话记录,麻衣子在当天下午2点钟的时候还在

诡计博物馆　105

自己家里给高见打去了一通电话。根据高见在日记中的记录，当时麻衣子声称自己有事情商量，所以才请求他当天下午5点来公寓见面。就像高见在日记中推测的那样，根据常理，她应该是想商量和奥村有关的事情。比如说奥村迄今为止所交往的女同学的事情，以及他是怎么处理和对方的关系的。

下午5点钟，高见来到昔日恋人所住的公寓，发现麻衣子已经遇害。警方询问了当时和高见接触过的搜查员，据说高见一听说她死了，就不顾警察的制止，疯了似的跑向麻衣子的身边，当时的场面非常混乱。这也和日记中的记载完全一致。

警方也听取了麻衣子父母的证词。据说不管是在守灵的时候还是在葬礼上，高见都是一副思虑重重的样子。麻衣子的母亲担心高见会做出什么出格的事情，甚至还叮嘱他"你可别做什么傻事啊"。遗憾的是，高见根本就没听进去。

被怀有身孕的麻衣子逼婚，奥村无奈之下痛下杀手。查明真相的高见杀死奥村完成复仇，不料在逃跑时又遭遇交通事故。这起案件最终以嫌疑人的意外死亡告终。

对于那些悬而未决的杀人案件，证物会在十五年后移交到犯罪资料馆。但如果是已经解决了的案件，移交时间则缩短至结案后的数月。这起案件中，高见的日记、凶器等相关证物在结案不久就移交到犯罪资料馆保管了，此后的二十年，它们就一直沉睡在保管室中。

受尿意所迫，寺田聪脱下白大褂向洗手间跑去。在犯罪资料馆工作，按规定是要穿白衣工装的，这也是为了防止附着在衣服上的各种污渍污染证物。

洗手间里,清洁工中川贵美子正在用拖把拖地。就是曾经提起的那位年过五十、烫着卷发的大姐。

"寺田君,早上好呀。今天看上去更帅了呢。来,吃块糖吧!"

像往常一样,只见她从腰包里拿了些糖块出来,手上还戴着橡胶手套。寺田聪像往常一样谢绝了她的好意,随口问道:

"1993年9月的时候,八王子市发生了一起案件。一位大学教授杀害了正在和自己交往的女生,而那个女生的前男友在查明真相之后又把教授给杀了。关于这起复仇案件,您还有印象吗?据说那时候女生已经有了三个月的身孕,腹中的胎儿就是那个教授的。"

"1993年吗?那就是二十年前的事情咯。哎呀呀,那时候我才三十四岁……啊不,才十四岁呢。嗯……让我想想。"

刚刚还以惊人的胆魄谎报年龄的中川贵美子,这时闭起了双眼,似乎在努力搜寻记忆中的碎片。

"啊,我想起来了!当时在电视和杂志上都炒得沸沸扬扬的。大学老师和女学生交往,怀孕,杀人,前男友复仇,全都是火爆的戏码啊!而且,据说那个老师还是个风流帅哥,都能拍一部电视剧了!"

"真的假的?"

1993年,寺田聪只有十岁。那时候的他满脑子想的都是刚刚成立的日本职业足球联赛和漫画,对现实中的杀人案毫无兴趣,自然也就没有什么记忆。

"那起案件后来怎样了?"

"我现在正在给那起案件贴二维码呢。不过证物中有一本日

诡计博物馆　107

记很吸引人，所以特别关注了一下。"

"哦哦，你说的是前男友写的那本记录追凶和复仇过程的日记吧？虽然日记中记录的内容没有公开，但很多电视节目的评论员都添油加醋地做了很多猜测哟。话虽如此，有个能给自己报仇的前男友也真是难得啊。虽然迄今为止我也算阅男无数了，但自认为能为我做到如此地步的男人还真没见过呢。要是能有个在自己遇害后还给我追凶复仇的男友，我就算在九泉之下也该瞑目了！寺田君啊，要是哪天我也被人给杀了，你会为我报仇雪恨吗？"

这个问题问得也太突兀了，寺田聪尴尬得说不出话来。

"啊？怎么突然扯到我身上来了，我又不是中川姐的前男友。"

"现男友也行嘛！"

"您还是不要再胡言乱语了。"

"罢了罢了，像我这样的人可能还不值得你去赴汤蹈火，但若是像馆长那样的美人，也许前男友就会不要命地给她报仇吧！"

"——是那样吗？"

馆长绯色冴子的姿态浮现在寺田聪的脑海里。把那位馆长和复仇联系起来，简直比冰箱和熔炉的组合更加难以想象。别说前男友了，估计那个馆长连个男友都没有过吧！

说曹操，曹操就到。寺田聪从洗手间回到助理室之后，通向隔壁馆长室的门突然开了。馆长的突然推门把他给吓了一大跳。

身材苗条，年龄不详。肤白胜雪，丝毫不输给那袭白衣。披散在肩膀上的妖冶黑发，衬托得她那像人偶一般的面颊愈发端庄。长长的睫毛下，精致的双眼皮装点着忽闪忽闪的大眼睛。如果现实中真有雪女存在的话，应该就是她这副模样吧。

"1993年9月发生在八王子市的那起案件，标签贴得怎么样了？"

绯色冴子轻轻扶了扶无框眼镜，低声问道。

"现在正在贴着。馆长您那边呢？案件的基本信息都总结好了？"

"事实上，已经中断了。为了汇总案件的基本信息，我查阅了嫌疑人的日记，却发现有些地方不太对劲。"

"——不太对劲？是哪里？"

"你读过嫌疑人的日记了吗？"

"嗯，刚刚读完。"

"难道你就没发现什么奇怪的地方？"

"没什么特别的吧……"

寺田聪在脑海中又过了一遍日记上记载的内容，还是没发现有什么奇怪的地方。不等他开口发问，绯色冴子就面无表情地兀自命令道："准备再次搜查吧。"

"再次搜查？"寺田聪大吃一惊，反问道。

"——再次搜查？难道说，案件的真相另有隐情？"

"没错。"馆长直截了当地说。

今年2月，绯色冴子侦破了一起悬案，就是1998年2月所发生的中岛面包公司企业恐吓·社长遇害案。对于那些悬而未决的杀人案件，相关证物都会在十五年后转交到犯罪资料馆保存。绯色冴子从一堆证物中敏锐地捕捉到一丝信息，便做出一个极其大胆的推理，并最终让真相浮出了水面。那个时候，代替不善沟通的馆长前去调查取证的，正是寺田聪。

可不管怎么说，八王子市的这起案件都已经盖棺定论了，还能有什么别的真相？而且所有的事实都是当时的搜查组一一验证过的，即便是高见恭一的日记，也没有任何疑点。

"您觉得日记哪里不对劲？"

可不管寺田聪再怎么追问，绯色冴子都绝口不提。

又是神神秘秘的那一套，少来了。我原来可是搜查一课的一员大将，搜查经验可比你要丰富得多！虽然心有不甘，但通过之前她对中岛面包公司企业恐吓·社长遇害案的完美演绎，寺田聪已经领教过她堪称天才的推理能力了。

"好吧，我明白了。那么，接下来要具体调查些什么呢？"寺田聪叹了口气，问道。

3

在犯罪资料馆所保管的那些搜查资料中，有一宗关于是枝麻衣子老家地址和电话号码的记录。时至今日，麻衣子的母亲扶美子说不定还住在那里。寺田聪试着拨通了那个电话号码，听筒那边传来一个年长女性的声音："我是原田。"寺田聪连忙说："对不起，我打错了。"正要挂断电话，他才突然回过神来，原田可就是麻衣子父亲的姓氏啊！

寺田聪询问对方是不是原田扶美子女士，对方称是。在案发前八个月，扶美子女士遭遇婚变，将姓氏改回了旧姓"是枝"，但现在似乎又改回了"原田"。

寺田聪自报家门，称自己是警视厅犯罪资料馆的人，正在构建二十年前关于对方女儿案件的数据库，不过有些数据遗失了，所以前来咨询补漏。这个借口听上去合情合理，两人便约好了第二天见面后详谈。

原田家位于静冈市清水区的八千代町，是一栋看上去有着三十多年历史的二层民房。案件发生时的1993年，这里还叫清水市，但随着2003年与静冈市的合并，这里便成了现在的静冈市清水区。

麻衣子的老家让我真正感受到了家的温暖——高见恭一在日记中这样写道。虽然这里看上去是个再寻常不过的人家，但对于中学时代就经历父母双亡的高见来说，也许是个非比寻常的归宿吧。寺田聪不禁开始想象这户人家二十年前的情景。

开门的是一位年过六十五的妇人。

"我是警视厅附属犯罪资料馆的寺田聪。非常感谢您能在百忙之中抽空配合我们工作。"寺田聪低头致谢。

"我是原田扶美子。"妇人回应说。虽然银丝斑白，但依然遮挡不住优雅容颜的风采。

"我原以为您姓'是枝'，没想到您又改回原来的夫姓了？"

"是啊。出了那件事情以后，又过了一年，我和前夫便复婚了。我想，这也是我们已故的女儿最希望看到的吧……"

"这样啊。那么，您的丈夫也搬回来住了吧？"

"是啊，我这就叫他出来。"

几分钟之后，一个七十多岁的男人来到客厅，在餐桌前坐了下来。

"我是原田弘明。"

这是位身材高大、体格健壮的男士，虽然现在已是满头银发，但依然非常帅气，丝毫不减年轻时的风采，一看就是很受异性欢迎的类型。

"不好意思，我第一次听说犯罪资料馆这个部门。昨天妻子跟我提起这件事的时候，一开始我还以为是谁搞的恶作剧或者诈骗电话呢，后来我打电话到警视厅去确认了一下，才知道原来还真有这么个部门。"

"有那么多人不知道吗？我们是一个对过往案件进行证物分析，以期对后续调查有所帮助的非常重要的部门。看来今后我们还得多宣传宣传才是。"

自己居然能说出这么一番话，寺田聪觉得难以置信。不就是个大型的保管仓库嘛！现在的他，感觉自己就像个三流的广告推销员。

"请问您女儿过世之后，高见有什么和平时不一样的地方吗？"

扶美子回答道："以前他总是笑眯眯的，但那天，不管是守灵的时候还是在葬礼上，高见君都一副心事重重的样子，好像下定决心要不计代价地做些无法回头的事情，似乎是个会让他的人生陷入不幸的决定……在我的印象里，高见是个像大人一样成熟冷静的孩子，但那天却像变了个人似的。他向我保证自己不会去做什么蠢事，我也信以为真了，没想到那只不过是为了让我安心的谎言。为了我的女儿，他选择了复仇，在那之后就在交通事故中去世了。不过，即便没有那场车祸，他之后的人生也一定是毁灭了吧。为什么我没能在葬礼上更强硬地劝阻他呢？如果把他拦下来的话，事情的结果就会完全不一样了吧……自从那件事以来，我每天都活在悔恨和自责中。"

弘明把手扶在扶美子的肩膀上，仿佛在安慰她这不是她的错。扶美子抬头看了看丈夫，满眼感激。

"说来惭愧，自从女儿上了高中以来，我就一直在外面生活，所以高见君来我家拜访的时候也没碰上过面。和他的第一次见面，就是在守灵的那天。就像我妻子说的那样，他看上去一副思虑重重的样子。"弘明开口道。

"葬礼上的那次，就是你们最后一次见到高见吗？"

扶美子点了点头。

"嗯，那就是最后一次了。下一次见面，目睹的就是高见遭遇车祸后的惨状了。因为他初中的时候就父母双亡，亲戚关系也很疏离，所以他的葬礼都是我们操办的。葬礼很冷清。毕竟是他亲手杀了那个男人，亲戚就不用说了，连朋友都没几个过来的。自从和麻衣子分手之后，我就把高见当作自己的亲儿子一样看待。我失去了女儿，结果连儿子也跟着去了，心里真的、真的特别难过。"

大概是又回忆起了当年的情景，扶美子眼里噙满了眼泪。

虽然不太情愿，但绯色冴子吩咐的问题还是得问。

"真的十分抱歉，但例行公事，还得问你们一些问题，请不要生气……奥村淳一郎被杀是在9月3日晚上10点左右，你们还记得当时自己在哪里、在做些什么吗？"

"你是什么意思？难不成你怀疑是我们杀了奥村吗？"原田弘明气得直瞪眼。

"不不，只是例行公事……"

寺田聪一边这样辩解，一边在心里暗骂绯色冴子。那个雪女，干吗让我来问这种问题？不管是谁被问到这样的话，不生气才怪！更何况，询问麻衣子双亲的不在场证明又有什么用呢？绯色冴子说高见恭一的日记里有奇怪的地方，莫非是怀疑麻衣子的父母才是杀害奥村的真凶？

扶美子轻轻抚摸着喋喋不休地抱怨着的丈夫的手腕，似乎是无声的安慰。

"——明白了，那就由我来说吧。已经过去二十年了……那天是我女儿的葬礼，所以直到现在我都记得特别清楚。我们是下午5点左右从殡仪馆出来的，大概5点半左右才回到家。之后，我们简单吃了些晚餐，一直呆呆地坐在这里，直到12点上床睡觉。"

"和您先生在一起吗？"

"当然！"

弘明气呼呼地嚷嚷道。看着气昏了头的丈夫，扶美子微笑着说："亲爱的，你最好还是不要隐瞒了。不，那时我们没在一起。当时我们还处在离婚状态，我丈夫还住在外面，葬礼结束后我们就各回各家了。所以，那天回到家之后，直到入睡为止都只有我一个人。"

"那您呢？"

弘明一脸不情愿地开口道：

"我也是在晚上6点钟左右回到了当时外遇的对象家里。本来我是打算留在这里陪陪妻子的，但又怕外遇对象不愿意……真该死！我不是个好丈夫，也不是个好父亲。"

"回家之后，您就一直和当时的外遇对象在一起吗？"

"也不是。回去之后，她抱怨我去参加女儿的葬礼，说得还很难听，于是吵着吵着我们就闹翻了。我气得夺门而出，在繁华的闹市上乱逛。明明才刚刚参加过女儿的葬礼，而我却在到处喝酒买醉。晚上10点钟的时候，我应该在哪个居酒屋里正喝着吧。至于名字和地址，我现在已经想不起来了。过了零点，我就坐出租车回家去了。"

弘明露出了自嘲般的笑容。

"不过那一架也算是把我给吵醒了，从那以后，我就和外遇对象彻底断绝了关系。后来，妻子就跟我说，要不要我们重新来过，这也是麻衣子最希望看到的吧……我也是那样认为的。然

诡计博物馆　115

后，我就和妻子复婚了。真的，我特别感谢妻子。"

"感谢什么啊……彼此彼此吧。"

扶美子微笑着说。

"只是……如果在女儿去世前就复婚的话就好了。不不，应该说要是当初没离婚的话就好了。我本来就有点后悔离了婚，女儿也一定感到非常痛心吧。一想到这，我就后悔得要命……"

在寺田聪看来，麻衣子之所以会被奥村所吸引，也是因为在潜意识中想要寻找父亲的替代品吧。不过，这也不过是通俗心理学的陈词滥调罢了。

向二位道谢之后，寺田聪离开了原田家。老夫妇站在门口，目送着他的远去。他们的身影异常平静，却又弥漫着深深的孤独。唯愿二老能够安度余生吧，寺田聪在心中暗自祈祷。

4

回到犯罪资料馆，寺田聪即刻来到馆长室向绯色冴子报告。

"——总的来说，在奥村淳一郎遇害的9月3日，原田扶美子离开殡仪馆是下午5点以后，弘明和外遇对象吵完架离家出走是晚上6点多，然后他们各自行动、没有不在场证明。从静冈站坐新干线到新横滨，再从那里坐JR横滨线到八王子，到站后再乘坐出租车前往奥村所住的高级公寓，只要两个半小时就足够了吧。两人都有可能在晚上10点左右杀死奥村。"

"辛苦了。"

绯色冴子面无表情地说。

"馆长是怀疑在他们两个人中，其中一个杀死了奥村吗？"

寺田聪问道，但没有得到回应。

"那你至少得跟我说说，高见恭一的日记到底哪里不对劲了吧？"

绯色冴子的红唇终于动了动。

"有两点。第一个疑点——奥村在自家书房被人用裁纸刀刺杀。如果高见是凶手的话，那么他在前往奥村家的时候就已经计划好了复仇，所以应该是带着凶器有备而来。为什么会使用现场的裁纸刀作为凶器呢？"

"会不会是到了复仇的紧要关头，一时慌乱，忘了自己带的凶器了呢？"

"这倒也不是不可能。但是，他的日记中却没有'自带凶器'相关的描写，甚至都没写自己会用什么当作凶器。如果是预谋杀人的话，肯定得想好使用什么凶器吧。"

这么说来，也确实是个疑点。

"第二个疑点呢？"

"第二个疑点——根据9月3日的记录，高见杀死奥村后，离开房间时关上了空调和灯。为什么多此一举呢？一般来说，凶手是不会在乎这些事情的。可尽管如此，高见却像走出自己家一样留心要关掉空调和灯，这种行为简直太奇怪了。"

"说不定是出门时养成了习惯，不自觉地就把空调给关上了呢？"

"如果真是不自觉的行为，自己应该不会意识到，也就根本不会写进日记里去了。"

"这倒是……"

"就算真是不自觉地关掉了，之后才意识到，那么在写日记的时候，应该会提一句'出于养成的外出习惯'这样的理由吧。或者应该加上'虽然不知道为什么'这样的措辞。关闭犯罪现场的空调之所以可疑，是因为没有写明这样做的理由；或者在其根本就没注意到的情况下却记录下了行为，本身就很奇怪。所谓记录日记，本身就是记录者对自身行为的意义进行重新检索的过程。人是一种无法忍受无意义的生物。如果察觉到自己的行为是无意义的，就会想方设法地赋予它意义，或者对其无意义的行为持有疑问。"

"确实。那么，馆长是怎么看待这两个疑点的呢？"

"第一个疑点——高见恭一。他在去奥村家之前就已经做好了复仇的打算，但是……他为什么没准备凶器而是使用现场的裁纸刀呢？而且，日记中不仅没有对携带凶器的描写，甚至连准备拿什么当凶器也没提及。这，又是为什么呢？

"能够想到的理由只有一个。当高见抵达现场时，奥村已经被其他人用裁纸刀给杀死了。那个人不是有所预谋，而是在冲动状态下杀的人，所以才会顺手使用案发现场的裁纸刀。为了包庇真凶，高见在日记中有模有样地把'自己杀害奥村'的过程给记录了下来，却产生了将现场的裁纸刀当作凶器来使用的矛盾。高见自己也注意到了这个矛盾。但是，由于无法编造出能够让日记的读者认可的有说服力的说法，便只好将关于凶器的描写降到了最低限度，以此希望读者能够忽视这一点。"

"也就是说，杀死奥村的凶手另有其人？你刚才用了'日记的读者'，难道说，高见早就预料到这本日记会被别人看到吗？"

"没错。所谓的读者，就是警察。高见设计让警察读到这本日记，继而认定自己就是真凶，希望借此来保护真凶。"

"这么说来，高见一开始写下这本日记的时候，就已经做好了让警察读到的打算？"

"如果说高见计划9月3日去杀奥村，到了那里才发现真凶抢先一步作案，想要庇护真凶的话，那就是在9月3日才萌生了让警察看到日记的念头。之前所记录的那些，确实是为了推理出凶手的身份才写的吧。也就是说，写日记的目的，在9月3日半路上才变成了让警察读到、庇护真凶吧。"

"原来如此。那么，在您看来，到底谁会是真凶呢？"

"真正的凶手，是让高见想要去保护的人，并且是发现麻衣子被害而想要替她复仇的人，当然，她一定也深爱着麻衣子。此外，她还知道是奥村杀了麻衣子。"

"发现麻衣子被害而想要替她复仇的人，当然，她一定也深爱着麻衣子——是麻衣子的母亲扶美子吗？"

"从目前所推导出的满足真凶的条件来看，真凶的确是扶美子。虽然她之前向警方声称不知道女儿的新恋人是谁，但实际上可能已经从女儿的言行和遗物中得知了麻衣子新恋人的身份——那个叫奥村淳一郎的大学教授。当听说麻衣子已有三个月的身孕之后，扶美子觉察到杀害女儿的人很可能是奥村。9月3日，在女儿的葬礼之后，她造访了奥村所住的高级公寓，当面质问了他。也许这在后来又发展成了激烈的争吵。冲动之下，扶美子抄起裁纸刀就把他给杀了，然后离开了案发现场。

"此后，想要找奥村寻仇的高见也来到了案发现场，发现了尸体。可能是目击到了从案发现场离开的扶美子吧，高见意识到可能是扶美子杀死了奥村，便下定决心要保护她。于是，在9月3日记录的日记内容中，显得好像是自己杀死了奥村一样。但这么一来，却产生了本该是计划好的复仇却使用现场的裁纸刀作为凶器的矛盾。

"当然，满足想要为麻衣子复仇，同时又深爱着她这一条件的，还有麻衣子的父亲原田弘明。不过，要是他杀的奥村，恐怕高见是不会替他顶罪的吧。另外，正如你看了日记就会感觉到的那样，高见对麻衣子的母亲扶美子感情很深。'与麻衣子分手之后，最痛苦的不仅仅是她的离去，还有我再也没有理由跟她回老家，再也没有理由承蒙阿姨的关照了。'如果有谁还能让高见拼了命也要保护的话，除了扶美子之外也再没有别人了吧。"

所以，绯色冴子才会想要调查扶美子在9月3日晚上10点左右的不在场证明。难道她真的是凶手吗……

"那么，接下来我们再来讨论一下日记中的第二个疑点。根据9月3日的记录，高见恭一在杀死奥村淳一郎以后，离开房间时关闭了空调。他为什么会这么做？一般来说，罪犯是不会在意犯罪现场的空调的。尽管如此，高见却像从自己家出门一样留心关掉了它们。这个行为太不自然了。既然将其记录了下来，说明高见应该也留意到了这种不自然的行为，却没有记下做出这种行为的理由。"

"日记中没有说明理由，是因为有些让高见不得不关上空调的原因吧？而且，那个原因还不能暴露？"

"如果不想把理由说出来，那干脆别在日记上写上'关了空调'之类的事情岂不是更好？这么一来，也就不用再担心别人觉得这个行为不自然了。"

"……确实是啊。"

"所以，我能想到的解释就是——高见有不得不在日记中记录关闭空调的理由，而且那个理由还不能暴露。"

"不得不在日记中记下来的理由？"

"这样在日记中记录下来，会导致什么样的结果呢？警方会据此判断，关掉空调是在9月3日晚上10点左右，距离发现奥村尸体的9月6日三天左右。在这三天里，由于案发现场关闭了空调，所以闷热不堪。根据这一预想进行司法解剖，推定死亡时间为9月3日。但是，能够确定空调在9月3日晚上10点左右被关掉的只是日记中的记载，再没有其他证据。如果那是谎言，如果实际关上空

诡计博物馆　121

调的时间要晚得多——比如说空调在9月3日晚上10点之后仍在制冷，结果又会怎样呢？"

"——10点之后仍在制冷？"

"比方说，直到发现奥村尸体的9月6日当天为止仍在制冷。根据日记中的记载，空调在9月3日晚上10点左右停止运行，此后直到9月6日，尸体都被停放在气温高达30摄氏度左右的密闭室内。警方就是基于这个高温环境下的尸变现象，才推算出了死亡时间是9月3日的。但是，如果空调一直运行到9月6日，如果室温一直保持在16摄氏度左右的话呢？那就表明，奥村的尸变现象并不是在高温环境中进行的，他的真实死亡时间会提前到9月3日之前。反过来说，之所以要让警察误认为空调是在9月3日晚上10点左右停掉的，是因为想要把奥村的死亡时间往后推延。"

寺田聪倒吸了一口凉气。

"高见在日记中谎称自己关掉了空调，实际上却将空调设置为最低温度继续运转，从而将死亡推定时间往后推延，以此来给真凶提供不在场证明。"

"没错。所以说，真正的凶手，就是在高见谎称自己杀害了奥村的日记中所写到的，在9月3日晚上10点左右拥有不在场证明的人物。可是，扶美子在9月3日晚上10点左右是没有不在场证明的，这样一来，扶美子就不可能是真凶了。"

寺田聪简直要开始怀疑自己的耳朵了。

"——扶美子居然不是真凶？怎么可能！根据推断，真凶是一个满足想要为麻衣子复仇，同时又深爱着她这一条件的人，而且这个人还知道是奥村杀害了麻衣子，也是高见想要保护的人。这样的人，除了扶美子也不会有第二人选了。"

"确实，满足真凶条件的只有扶美子。但是，从不在场证明来看，扶美子又不可能是真凶。如此看来，只能推断出一点：之前所假设的符合真凶的条件是错误的。"

"你是说我们误解了作为真凶的条件？"

寺田聪愣住了。绯色冴子的脑子里到底在想着些什么？

"满足真凶的条件，到目前为止已经列举了四项。

第一，是高见恭一打算包庇的人；第二，是想要为麻衣子复仇，同时又深爱着她的人；第三，是知道杀死麻衣子的是奥村的人；第四，是在9月3日晚上10点左右拥有不在场证明的人。其中，第一个条件可以认定为确定无疑的事实。根据高见的日记，他杀害奥村应该早有预谋，犯罪时使用的却是案发现场的裁纸刀。从这点可以看出，杀害奥村的凶手完全是出于一时冲动。高见的日记写的看似是自己预谋杀人，实际上只是为了包庇真凶而已。

"此外，第四个条件也可以认定是确定的事实。关掉了奥村房间的空调，如此不自然的记录，只是为了延后奥村死亡推定时间而采取的手段。反推可知，真凶应该是9月3日晚上10点左右一定拥有不在场证明的人物。

"但是仔细想来，第二个条件和第三个条件却没有任何证据能够证明。通过这两个条件可以推出凶手是扶美子，可这已经被第四个条件给否定了。所以，第二个条件和第三个条件应该是错误的。"

"第二个条件和第三个条件是错误的？但是，如果真凶不是想要为麻衣子复仇，同时又深爱着她的人的话，为什么又会去冒死杀死奥村呢？更何况，如果他不知道杀死麻衣子的人是奥村的话，又怎么会找到他头上并将他杀害呢？"

寺田聪已经完全被绯色冴子给搞糊涂了。至今为止的推理又都被她给推翻了——究竟是想要得出什么结论呢？

"其实，抛开第二个条件和第三个条件，仅从第一个条件和第四个条件就能够锁定真凶。也就是说，真凶是能够让高见想要包庇的人，同时也是在将奥村的死亡推定时间延后的情况下拥有不在场证明的人。"

"这样的人真的存在吗？"

"有，而且只有一个——那就是麻衣子。"

5

寺田聪觉得绯色冴子一定是疯了。

"如果麻衣子是真凶的话，想必高见无论付出怎样的代价都会想要去保护的吧。而且，如果奥村真正的死亡日期是麻衣子遇害的9月1日那天，那么当奥村的死亡推定时间延后，麻衣子的'死亡'就是她最完美的不在场证明。"

"但是，别忘了，是奥村杀害了麻衣子啊。麻衣子又怎么可能在自己被害之后又去杀死奥村呢？"

"你能确定是奥村杀了麻衣子吗？"

"高见在日记中，围绕着麻衣子房间阳台上的拖鞋展开了一系列的推理，得出了凶手是和麻衣子有着亲密关系男人的结论。就算高见的日记不可信，但这个推理应该没错。这是基于从阳台上掉下来的麻衣子穿着拖鞋的客观事实而展开的。再者，麻衣子已经有了三个月的身孕，如果腹中胎儿的父亲不希望为此结婚，那么作为恋人的他，也就有了杀害麻衣子的动机。并且，不管是从通话记录、两个人留在房间里的指纹、胎儿的血型还是DNA鉴定结果，都能够证明奥村就是麻衣子的新男友。基于这些，奥村杀死麻衣子肯定是确凿无疑了吧。"

"我承认，麻衣子的新恋人肯定就是奥村。但是，即便麻衣子借着三个月的身孕前来催婚被拒，也未必能够成为奥村萌生杀意的有力动机。得知奥村不想结婚，甚至想要抛弃自己，麻衣子倒是有可能因为过于愤怒和悲伤而将奥村冲动杀害。你应该还记得，凶器是案发现场的裁纸刀吧？别忘了，这可是一起因一时冲动引发的过激杀人。"

寺田聪这才恍然大悟。

"的确，你这么说也有一定的道理……那么，麻衣子又是怎么死的呢？"

"跳楼自杀了。如果说麻衣子真的是被人推下阳台的，那么就此推断将其推下去的是和她关系亲密的男人倒也能说得通。但是，如果她是跳楼自杀的话，就根本没有什么凶手可言了。麻衣子之所以会被视为他杀，是因为她房间的门把手上已被仔细清理过指纹，而且厨房的水槽里还有一只清洗过的玻璃杯。但你有没有考虑过，如果这些都只是为了让麻衣子被视为死于他杀而伪造的证据呢？"

"确实，也有这个可能性存在……"

"高见的日记，是为了保护真正的凶手，如果是这样的话，他在日记中记载的，想要对杀害麻衣子的奥村进行复仇的计划本身，就有可能是为了保护真凶而进行的虚构的描写。第二个条件'真凶是想要为麻衣子复仇，同时又深爱着她的人'，第三个条件'真凶是知道杀死麻衣子的是奥村的人'根本就是围绕着'复仇'这一虚构情节而推导出的伪命题。"

复仇杀人的假说轰然崩解，寺田聪陷入了茫然。

"那，让我们再重新梳理一下这个案件吧。根据电话的通话记录显示，9月1日上午11点左右，麻衣子给奥村打了个电话。在这个电话中，麻衣子应该是约在奥村家见面吧。在奥村家里，麻衣子反复诉说着自己已有身孕、想要和他结婚之类的话，不料奥村却断然拒绝，甚至还想要和她分手。因为过于愤怒和悲伤，一时冲动之下，麻衣子把他给杀了，随后，恍恍惚惚地回到了自己的公寓。

"今后该怎么办才好呢？麻衣子一时失了方向。如果自己被警察抓住了，恐怕腹中的孩子会被蒙上'杀人犯的孩子'这样的污名，就连自己的父母也会受此牵连。更可怕的是，她对自己杀人的罪恶感愈发严重。于是，不堪心理折磨的麻衣子选择了自杀。

"在自杀之前，她给昔日的恋人——高见恭一打了个电话。也许他是麻衣子离开人世之前唯一想要对话的人了。虽然我不知道她在电话里说了些什么，但也许只要能够听到他的声音就已经足矣。

"这就是下午2点的那通电话。根据高见的日记记载，他自称下午2点接到电话，麻衣子在电话中声称有事情想要找他商量、约她下午5点见面，但实际上，那不过是她在自杀之前和高见的最后告别，想要听听他的声音而已。

"此后，在下午3点钟左右，麻衣子就从阳台上跳了下去，自杀身亡了。"

"另一方面，虽然高见从下午2点半到3点半左右都待在大学的奥村研究室中，但为麻衣子的奇怪来电而隐约感觉到不安。这种不安逐渐蔓延，让他感觉如坐针毡。受这种不安情绪所困，到了下午3点半左右，他终于坐不住了，离开研究室赶去麻衣子的公寓。在日记中，他声称自己先回家寻找杂志然后又把资料送到了奥村家里。显然,他是在撒谎。

"麻衣子的房门没有上锁。高见进入房间之后,应该是发现了麻衣子留下的遗书。遗书里写明了和奥村的种种纠葛,也提及了自己怀孕三个月却求婚不成反遭分手,走投无路之下才一时冲动杀害了奥村的事情。看了遗书之后,高见明白了一切。从阳台俯身往下看去,麻衣子倒在后院的血泊中。于是高见跑进后院,向她的遗体奔去。

"高见本想向警察报案,但随即又打消了这个念头。首先,他必须确定一下奥村是否真的死了。高见拿着麻衣子的遗书,来到了奥村位于'月桂庄园'的公寓,才知道他是真的被杀了。

"如果奥村被杀的尸体和麻衣子自杀的尸体被发现了会怎样呢?警方会通过调查奥村和麻衣子的电话通话记录来查明两人之间的关系。而且,从麻衣子已怀有三个月的身孕、奥村死于他杀、麻衣子自杀身亡这一系列的事实,是能够推导出麻衣子求婚被拒,杀死奥村后又畏罪自杀的结论的。

"如果这样的话,麻衣子就会留下杀人犯的恶名。而这对高见来说,是无法忍受的事情。所以,为了保护自己昔日的恋人,高见想出了一个极其大胆的计划。那就是把奥村的死亡推定时间向后延迟,用麻衣子的'死'作为最完美的不在场证明,从而来维护麻衣子的名誉。并且,他还希望人们认为并不是麻衣子杀害了奥村,反而是奥村杀害了麻衣子,如此让凶手和被害人的身份发生逆转。

"那么,如何才能做到这一点呢?毕竟奥村是后背中刀,怎么看都是死于他杀,因此也就无法伪造他在杀害麻衣子后畏罪自杀的假象,只能再加入一个杀害奥村为麻衣子复仇的真凶角色了。于是,这个已经知道麻衣子死于奥村之手的角色,就要开始向奥村复仇了。不过，如果要引入这个复仇情节，那么奥村的死亡时间只能晚于麻衣子的死亡时间。当时时值暑假，奥村为了准备定于9月7日的学术会议一直在家闭门工作，这几天不在研究室露面也在情理之中。所以，他的死亡，应该不会那么快就被人发现。那么，谁来充当那个复仇者的角色呢？毫无疑问，当然是高见自己。

"由于时间紧迫，事情又比较繁杂，慌乱之中高见必须争分夺秒地予以准备。首先，他把奥村书房的空调设定为最低温度，以此来尽可能地延缓尸变的进程。

"接着，为了将麻衣子的死伪造成他杀，高见又回到她的公寓将门把手擦拭干净，伪造成凶手刻意清理过的假象。然后，他又拿出两个玻璃杯，把其中一个倒入麦茶放在桌子上，另外一个放在厨房的水槽中清洗，伪造成一副麻衣子请凶手喝茶，而可恶的凶手在实施犯罪后却清洗了带有自己指纹的玻璃杯的假象。不用说，这一切都是戴着手套进行的。倒入麦茶的玻璃杯上肯定残留着麻衣子的指纹，这是麻衣子上一次用完玻璃杯后将其放回橱柜时留下的痕迹。

"在半年前两人分手之前，高见曾多次出入麻衣子的公寓，应该也知道管理员会在每天下午的4点半左右到后院去给花坛浇水，因此，也就能够预测到麻衣子的尸体会在那时被发现。

"下午4点半左右，高见在麻衣子的房间里做完伪装工作后便暂时离开了公寓。5点钟的时候，他又装作前往公寓赴约的样子赶到了那里。听闻麻衣子的死讯，他像疯了似的奔向麻衣子的尸体，足见他的演技精湛。随后，从和搜查员的谈话中，高见确定了计划正沿着自己设计的方向推进。

"而能够让高见的计划顺利推进的最大功臣，自然就是他那本写满了复仇过程的日记了。

"根据他在9月1日的记录,他是在下午3点半左右从研究室出来的,随后把那本1990年5月号的《国际法学》送到了奥村家里。当然,包括他们的对话内容在内的所有情节,都是虚构的。至于奥村的失言,也为高见后来推定奥村为杀害麻衣子的凶手埋下了伏笔。

"至于奥村在寻找1990年5月号的《国际法学》一事,以及这本杂志被高见借走,应该都是事实吧。在启动了保护麻衣子的计划之后,高见觉得有必要在9月1日的日记中描写一下奥村依然活着的场景,便利用归还《国际法学》当作拜访奥村的借口,做得恰到好处。

"在9月3日的日记中,他坦言杀害了奥村。当然,这也是他虚构的。当天晚上10点钟前后,高见在奥村房间前的走廊上,故意被隔壁的邻居目击,想要坐实自己向奥村复仇的构想。恐怕,高见此前一直待在奥村房前的走廊上,等候着居住在同一楼层的隔壁邻居的到来吧。10点左右,隔壁的邻居下班回家,如期目睹了高见的身影,造成了高见就是在这个时候杀死奥村的假象。奥村临死前所说的与麻衣子有关的交往过程,大概就是高见从奥村的视角把麻衣子遗书的内容给复述了一遍吧。

"因为奥村在9月1日就已经死了,所以9月7日学术会议的准备工作恐怕没做多少。因此,假设他活到了9月3日晚上的话,那么肯定会因为准备工作做得太少而让人起疑。于是,高见在9月3日的日记中就记录说'从那天起,我就一直活在焦虑当中,连学术发表会都没心思准备了',将准备工作做得太少归咎为犯罪后遭受良心谴责的煎熬。"

"如果日记只是高见实施计划的一个道具,那么此后将日记寄到警视厅的人，就是高见自己吗？"

"没错。高见就是想让警察得到日记，然后赶去发现奥村的尸体，来加深奥村死于凶手为麻衣子复仇的这个虚构的情节。于是，作为让警察获得日记的伏笔，他在自己居住的泉乐庄自导自演了那起盗窃案。设计让侵入高见房间行窃的'窃贼'发现了日记，读完后又发扬了与其身份不合的公德心将日记寄到警视厅。'窃贼'之所以进入其他房间行窃，也是高见为了掩饰自己的真实目的而精心策划的幌子，而高见在搜查员面前表现得异常动摇，也不过是他演技的一部分。

"9月5日，他在东京都内的某处地方将日记寄出。9月6日，日记本寄到警视厅。查阅日记内容之后，警方立即前往奥村所住的公寓。同时，高见在9月6日清晨停止了奥村房间自9月1日以来一直在最低温度运转的空调，并将其调整为制热模式，为的就是把房间弄成个大蒸笼，让人觉察不到房间里残留的冷气。等室温上升到一定温度时，再把空调给关上，然后在搜查员赶到之前离开案发现场。当搜查员赶到的时候，奥村的书房恰好沉浸在9月初旬的暑气中，也就是30摄氏度上下的闷热状态。"

"在发现奥村的尸体之后，搜查员立刻前往了高见的住处，不料他当时竟撒腿就跑，莫非……"

"当然，这也是他演出来的。想必他是装装样子，等搜查员逮住他之后再供认自己杀害奥村的事实吧。只是在假装逃跑的途中，被从拐角处开来的卡车给撞死了……"

——这是我所能为你做的唯一的事情了。在你最痛苦的时候，我没能陪在你的身边，没有好好守护你，这是我所能够为你做的，唯一的补偿了。

日记的最后一段独白浮现在寺田聪的脑海里。虽然日记的内容是虚构的,但那段发自肺腑的独白,字里行间都透着高见恭一的心声。"这是我所能为你做的唯一的事情了。"——这件事情不是向奥村复仇,而是掩盖麻衣子杀害奥村的真相,将他的死亡推定时间延后,以此能够让麻衣子的"死"成为她最完美的不在场证明。这,就是高见对她最后的庇护。

而这样的高见,随后竟遭遇了车祸,逃亡到了连司法之手也无法触及的"死"之圣域……

直到死亡之日

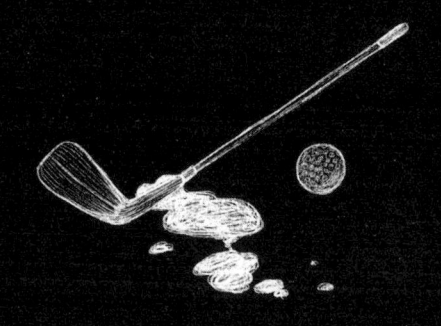

1

　　一切都发生在一瞬间。

　　前方一百米左右是一段平缓的弯道。从对面车道驶来一辆大型卡车，可它没有沿着车道转弯，而是径直冲过了道路中心线，毫无减速迹象，径直向这边的车道冲了过来。寺田聪见此景象，立刻用力踩下了刹车。大卡车与寺田聪前面的一辆小轿车正面相撞，发出了猛烈的撞击声，两辆车都不再动弹了。这一幕，就像电影里的慢动作一样，一帧一帧地映入寺田聪的眼帘。

　　伴随着刺耳的刹车声，寺田聪的车子滑行到了那辆小轿车前。后面的车辆也一个接一个地刹车，顿时刹车声四起。寺田聪连忙解开安全带，打开车门向小轿车跑去。

　　小轿车的车头钻到了卡车的车头下面，驾驶座的安全气囊也已经弹出。只见一个五六十岁的男子，耷拉着脑袋，闭着眼睛，一动不动地瘫在驾驶座上。而卡车那边，透过挡风玻璃，可以看见司机如梦初醒似的刚刚反应过来，正准备解开安全带。真不愧是大卡车，经历了这么严重的撞击，司机也基本没有受伤。

诡计博物馆　　135

寺田聪拿出手机，拨打119报警。此后，他试着去拉开驾驶室的车门。幸好门还能够打开。他摸了一下那个男人的脉搏，虽然还有脉象，但是弱如游丝。

就在那时。那个男人突然睁开眼，断断续续地说：

"这是……这是对我犯下罪行的惩罚……"

"我已经叫了救护车。到医院之前，请不要说话，保持体力。"

"不，我已经没救了。如果现在不说的话……"

"你想说什么？"

"二十五年前的9月，我犯了罪……交换杀人……"

"……交换杀人？"

寺田聪感到十分惊讶，他到底要说什么？

"我和共犯都有想杀的对象……但是，因为动机太明显，如果杀了人的话很快就会暴露……所以，我和共犯交换了杀人的对象……首先是我帮他杀了……一周后，共犯帮我杀了……"

他的声音非常嘶哑，最关键的部分却怎么也听不清楚。寺田聪只能隐约听出来共犯所杀之人的名字要比这个男人所杀之人的名字短得多，但听不出来名字具体是什么。

"杀了谁？哪里人？"

"住在东京……叫……的男人。"

他的声音太嘶哑了，还是听不清楚。

"请再说一遍。"

"叫……的男人。"

还是听不清，寺田聪急得咬牙切齿。

"……警察怀疑过我和共犯，但在被杀对象的死亡时间段，我和共犯都有完美的不在场证明，所以警察也没办法……"

那个男人的声音越来越小，几乎听不到了。

"不仅如此，我还……"

话音未落，那个男人的身体开始抽搐。他的眼睛盯着天空，慢慢地失去了光芒，终于闭上了。他的生命体征在一点点消退。

寺田聪连忙去摸那个男人的脉搏。脉搏已经停止了跳动。寺田聪还没有弄清楚这番告白的关键内容，男人就离开了这个世界。

寺田聪束手无策，茫然地环视着四周。现在是在桧原街上，这里离山梨县很近，道路像撒落在山林中的带子一样向前延展。附近全是郁郁葱葱的树木，看不到人家。在路边护栏外竖着一块太阳能发电站建设预留地看板，看起来与这周围的环境有些格格不入。火红的晚霞汇集在西边的天空，这是炎热8月里一个宁静的星期天的傍晚。可是，刚才听到的告白却打破了这种宁静，让寺田聪不由得回想，刚才是不是自己幻听了？

但是，那不是幻听。那个男人确实坦白了交换杀人的事实。

2

从大卡车上下来的司机看到车头已经撞烂了的小轿车,不知所措地抱着头一屁股坐到马路上。

"连续开了十个多小时的车,迷迷糊糊的,等我意识到时……"大卡车司机小声嘟囔着。

五分钟后,救护车到达现场,经确认,那个男人已经死亡,所以救护车只能原路返回。现在只能等待五日市署的交通警备课到达,进行交接。

不一会儿,交通警备课的6名搜查员赶到了现场。寺田聪走向前,自报姓名,并告诉他们自己是目击者。交通警备课的搜查员们得知寺田聪是警察时,不约而同地浮现出放心的神情,大概是觉得录目击证词比较容易吧。其中一位三十多岁的搜查员,也是他们里面最年长的一位,自称是近藤巡查部长后,便问道:

"请问你是哪个单位的?"

"我是三鹰市犯罪资料馆的。"

在近藤巡查部长的眼中,浮现出了好奇、怜悯和不屑等百感交集的复杂色彩。寺田聪对这种反应早已司空见惯。

"今天是在执行公务吗？"

"不，没有执行任务。我开车出来纯粹是兜兜风，突然看到前面的小轿车跟疲劳驾驶的大卡车撞上了。"

寺田聪把刚才的所见所闻全都告诉了近藤。近藤听完后，露出了困惑的神情。

"二十五年前的交换杀人……是不是头部遭到撞击所产生的妄想。"

"如果是妄想的话，未免内容也太具体了吧。我觉得他说的是真话。"

"不过，就算是真的，也已经过了诉讼时效了。"

根据2004年的刑事诉讼法修正，杀人罪的公诉时效由原先的十五年延长到二十五年，而2010年刑事诉讼法修正时直接废除了杀人罪的公诉时效。但是，如果交换杀人案发生在二十五年前，也就是1988年，那么根据2004年修正前的刑事诉讼法，这起案件的公诉时效到2003年截止，所以已经过了诉讼时效了。

交通警备课的搜查员们开始现场查验。寺田聪站在不妨碍他们工作的地方，看着他们忙碌的身影。交通警察和刑警有很多不同，这些搜查员工作起来都很活泼。寺田聪内心澎湃，有一种难以抑制的羡慕之情。

搜查员先把安全气囊拿下来，接着解开那个死去男人的安全带，然后把尸体抬到铺在马路上的垫子上。另外一个搜查员则负责全程录像。

"即使安全气囊打开了，有时也难保一命。"寺田聪说。近藤点了点头。

"原本高速行驶的汽车突然受到撞击而停下，这时的冲击力很强,即使安全气囊打开了也会造成人员死亡。这是因为冲击会造成动脉严重损伤。"

那个男人左胸口口袋里装着一部智能手机,屏幕已经撞碎了。两只手腕上都没有佩戴手表,应该是有通过手机来掌握时间的习惯吧。

他的裤子左侧后部的口袋里有一个钱包,里面有驾驶证和酒店房卡。拿着驾驶证的年轻搜查员读起了上面的信息。

"这上面写的名字是友部义男,昭和二十五年7月8日生,现在是六十三岁。住址是奄美大岛。噢,这可真少见。"

"怎么了?"近藤问道。

"他取得驾照的时间是平成二十四年8月29日,也就是一年前才拿到驾照。六十多岁才拿到驾照,真是少见啊。"

寺田聪听到这个感到非常意外。在车祸发生之前,寺田聪跟着那辆车开了有一段时间,感觉那个男人开得很稳,根本不像是新手。如果真是一年前才拿到驾照,还能开到这么远的地方来,那他很有开车天赋。

近藤开口说话了。

"六十岁才考驾照也不算晚,老而好学嘛。估计是因为某种需要,迫不得已吧。而且,从车牌号看这辆车是东京的,还是平假名'わ'[1]开头的,应该是从汽车租赁公司租来的车。看看钱包里有租赁单吗?"

"有,是从杰菲尔斯汽车租赁公司租的。"

"住的是哪家酒店?"

"新宿的帕特里西亚酒店,1105房间。"

---

1 日本租赁车辆的车牌大都以'わ'(wa)开头。

"给酒店打电话问问。"

年轻的搜查员用手机联系上了帕特里西亚酒店,进行了简短的询问,简要了解了相关情况。打完电话后,他向近藤报告情况。

"我问了酒店前台,1105房间住的是一对年龄较大的夫妇,分别叫友部义男和真纪子。他们昨天入住的酒店,预订了一周。酒店房客管理系统里显示友部义男年龄是六十三岁,住址是奄美大岛。那这个男人肯定就是友部义男了吧。碰巧真纪子还在酒店房间里,所以我让前台转了电话,告诉她发生了车祸。她说友部义男出去散步一直没回来,一直很担心。我让她待在酒店,一会儿警察会去接她。"

近藤对寺田聪说:

"先将这里的尸体送往医院。我们现在要去帕特里西亚酒店,再将真纪子带到医院去指认遗体。因为要向她说明车祸情况,所以还希望你能作为目击者一起前去。"

"好的。不过话说回来,友部义男所说的二十五年前的交换杀人案,我可以私下向夫人确认一下吗?"

如果所说的交换杀人属实的话,那么二十五年前——也就是1988年9月,友部义男身边应该发生过杀人案。他是那起杀人案的受益者,而且还有完美的不在场证明。

近藤有些为难。年轻的搜查员皱着眉头说:

"夫人的情绪不太稳定,现在提起这个问题的话……"

"我不会提及友部义男交换杀人这件事。我只是想顺便问问二十五年前友部义男身边是否真的发生了杀人案。"

近藤不太情愿地点了点头。

"……我明白了。可以,不过务必装作不经意的样子。"

诡计博物馆　141

近藤巡查部长和寺田聪赶到了新宿的帕特里西亚酒店，请前台把友部义男的夫人请下来。

过了一会儿，酒店大堂的电梯门开了，一位六十岁左右的妇人走了出来。她迈着沉重的脚步向前台走来。

"您就是友部义男先生的夫人吗？"近藤对这位女人打招呼道。

女人微微点点头，回答说："我叫友部真纪子。"尽管她脸色苍白，但还是可以看出来有姣好的容貌。她属于那种身材较为高大的女人，结实而匀称，应该是一直坚持运动的结果。

"请您节哀。我是五日市署交通警备课的近藤。您方便一同到医院指认一下遗体吗？"

"……嗯。"

三人上了警车，赶往存放遗体的秋留野市立医院。近藤负责开车，寺田聪和真纪子坐在后排。寺田聪声称自己是正在休假的警察，也是车祸的目击者，并把车祸经过告诉了真纪子。真纪子一直低着头，一动不动地听着。

到了医院，他们被带到太平间。一看到遗体，真纪子只说了一句"是我丈夫"，就放声大哭了起来。

他们回到医院大厅，等真纪子停止哭泣后，近藤问道：

"请您节哀。真的很抱歉，可以问几个问题吗？你丈夫是从事什么工作的？"

"两年前，在东京板桥区经营一家健康器材销售公司。因为业绩不太理想，所以公司就倒闭了……"

"我看了您丈夫的驾驶证，上面的住址是奄美大岛。"

"是的。公司倒闭之后，我们就搬到那里去了。"

"你们这次为什么要来东京？"

"旅游。虽然之前我们在东京开公司，但是东京的那些旅游景点却都没有去过。所以这次我跟丈夫商量着要去那些景点看看。我们原本计划从昨天开始在东京玩一周的。"

"您丈夫今天几点出的门？"

"下午2点左右。他说想出去散散步，可是过了很久都没回来，我很担心……正要给他打电话的时候，就接到了你们的电话。"

"我们通过杰菲尔斯汽车租赁公司新宿店了解到，您丈夫在2点15分租了一辆车。说是要去散步却租了车，您知道您丈夫打算去哪儿吗？"

真纪子摇了摇头，然后一副忧心忡忡的样子问道：

"那个，请问我丈夫的车祸有什么可疑的地方吗？"

"没有，目前来看没有可疑之处。无论是目击者寺田聪巡查部长的证言，还是现场验证的结果，都只能说明这纯属交通事故，没有任何计划性。"

"这样啊……"

寺田聪看了近藤一眼。现在该是装作不经意的样子对那件事问一下的时候了。近藤明白寺田聪的意思，勉为其难地点点头。

"我想打听一下，二十五年前，也就是1988年，您丈夫身边的人有没有去世的？"

真纪子睁大了眼睛看着寺田聪，眼里浮现出一种几乎可以说是恐怖的神情。

"……有。那年9月19日，我丈夫的伯父被强盗杀害了。你怎么知道……"

"他有孩子吗？"

"没有。他是我丈夫的亲伯父，终生未娶。"

"那时您丈夫的父亲还健在吗？"

"不在了，他因患病早就去世了。"

"原来如此。您丈夫的父亲还有其他兄弟姐妹吗？"

"没有。他们只有兄弟两人。"

"冒昧问一下，您丈夫的伯父是不是资本家？"

"是。"

"那时，您丈夫在哪里？"

"和我一起去美国旅行了。"

"去了美国哪里？"

"纽约。"

说到这里，真纪子有些生气地盯着寺田聪。

"你到底想说什么？想说我丈夫为了继承遗产而谋杀了伯父吗？"

"没有没有。您丈夫当时在美国旅游，不可能在场。"

"在这种时候提起二十五年前的事，你到底想干什么？话又说回来，你是怎么知道二十五年前的事的？"

"其实，在您丈夫弥留之际，只留下一句话'二十五年前……'"

其实在这种场合说出那番告白有些太鲁莽了。寺田聪觉得还是在稍微调查之后，再前来向真纪子打探情况会比较好些。

不过，其实已经有了很大收获了。二十五年前，友部义男身边真的有杀人案。他的资本家伯父是受害者，他的父亲具有继承权，但已亡故，所以友部义男就能继承伯父的巨额遗产，也就有了杀人动机。而且，当时的友部义男正在美国旅游，拥有完美的不在场证明。既有动机，又有不在场证明——完全满足交换杀人条件。

这时，寺田聪又想到，友部义男在弥留之际的告白中，共犯杀害的人的名字比他杀害的人的名字短得多。那么，那个短的名字可能并不是名字，而是"伯父"。友部义男说的应该是"共犯帮我杀了伯父"吧。

3

第二天，也就是星期一。寺田聪像往常一样到三鹰市的警视厅附属犯罪资料馆上班。

他敲了敲馆长室的门，里面传来一个毫无感情的声音："请进。"推开门，只见那个一袭白衣的雪女正在翻阅桌子上的文件。

绯色冴子警视。身材苗条，皮肤白皙，一张苍白到毫无血色的脸颊掩映着妖冶的黑色披肩长发，宛若人偶般冷淡端庄，让人看不出她的实际年龄。在那精致的双眼皮和细长的睫毛下，一双大大的黑眼睛如黑洞般深不可测。如果现实中真有雪女存在的话，应该就长得像她那副样子吧。虽说是高级公务员出身，但她却在犯罪资料馆馆长的位子上一待就是八年，事实上早就脱离了警察界高级公务员的圈子了。

即便寺田聪跟她寒暄"早安"，她也连眼皮都不抬一下，只是默默地继续读她的文件。对此，寺田聪早就已经习以为常了。他知道对方并没有轻视自己的意思，只不过缺少与人交流的意愿罢了。

面对着这个默默阅读资料的馆长，寺田聪报告了自己昨天在事故现场听到的濒死告白。

"交换杀人？"

她终于抬起了头。虽然依旧是一副面无表情的样子，但那双大眼睛却微微眯了起来，像是被吸引了似的。

"没错。我也曾询问过友部义男的妻子，得知二十五年前，也就是1988年的9月19日，她丈夫的伯父恰恰遭遇了被强盗杀害的事件。友部义男的伯父是个有钱的资本家，而伯父死后，友部义男便继承了一笔相当丰厚的遗产。伯父遇害的时候，友部夫妇正在美国度假，所以说友部义男就有了非常完美的不在场证明。不过，若真像他死前所说的那样，是共犯帮他杀了伯父的话，那他的不在场证明就没什么意义了。如此一来，如果在伯父遇害前一周的9月12日也曾发生过看上去毫无关联的凶杀案，而友部义男又没有不在场证明的话，或许就能确定友部义男坦言的交换杀人事件确有其事。所以，我想请您用CCRS查一查，看看9月12日是不是真的发生过凶杀案……"

"明白了，那我现在就查查看。"

所谓CCRS，就是Criminal Case Retrieval System——刑事案件检索系统的缩写，是警视厅为了统一管理所辖区域内的刑事案件而搭建的数据库。警视厅下属的各个警署、法医、研究机构都能通过系统终端访问到这些数据。

绯色冴子在自己的电脑上打开CCRS界面，寺田聪则站在她的身后，紧紧地盯着屏幕上出现的内容。

虽然CCRS只登记了被认定为刑事案件的案件，事故死亡及自杀身亡之类的案件并未收罗其中，但那也没有关系。根据昨天交换杀人的告白，能让警察怀疑的友部义男的共犯，一定是犯罪行为相当明显的杀人案了，自然不可能伪装成事故死亡和自杀身亡。

"根据友部真纪子的证言，伯父被强盗杀害发生在9月19日。但为了防止她记错了日期，所以还是把整个9月份发生的死亡案件都查一下吧。"

绯色冴子一边说着，一边在案件发生日期那栏输入了"1988年9月"，在案件种类那栏选择了"死亡案件"。搜索之后，总共出现了六条案件清单。案件名称、案发时间、案发地点、被害人姓名、犯罪方式、犯人姓名等信息历历在目。当然，案件名称还是沿用了搜查本部在立案时所使用的称呼。

9月12日，调布市肇事逃逸致医生死亡案。案发地点在调布市杜鹃丘。被害人滝井弘，三十四岁，被撞身亡，肇事者逃逸。犯人不明。

9月12日，赤羽不动产公司社长遇害案。案发地点在北区赤羽。被害人杉山早雄，三十五岁。刀刺身亡。犯人不明。

9月15日，樱上水OL上吊遇害案。案发地点在世田谷区樱上水。被害人小山静江，二十六岁。伪装成上吊的样子绞杀。犯人是其前男友。

9月19日，国分寺市资本家遇害案。案发地点在国分寺市富士本。被害人友部政义，六十七岁。被钝器击打致死。犯人不明。

9月22日，西蒲田商店老板溺杀案。案发地点在大田区西蒲田。被害人三上晋平，五十岁。在澡堂中被溺亡。犯人是同一商业街的老板。

9月26日，品川站主妇遇害案。案发地点在JR品川站京滨东北线月台。被害人齐藤千秋，三十四岁。被人推下月台遭电车碾压而死。犯人不明。

"9月19日的资本家遇害案，应该就是友部义男伯父遇害的案件吧。看来友部真纪子的记性还不错。"

"根据友部义男的告白，是他自己杀人在先，一周后共犯才杀人。伯父友部政义是在9月19日遇害的，所以友部义男的杀人日期应该是一周前的9月12日吧。"

没错，那一天确实发生了杀人案，而且还是两件——调布市肇事逃逸致医生死亡案和赤羽不动产公司社长遇害案，而且两起案件的被害人还都是男性，这也与告白的内容相符。如此看来，昨天告白的可信度就大大提高了。

那问题来了：在这两起案件中，哪一起才是友部义男犯下的呢？

"——馆长，依您看，在这两起案件中，哪起会是友部义男犯下的呢？"

"现在还不知道，有必要进行再次搜查看看。"

再次搜查——这个词再次从绯色冴子的红唇中飞了出来。

自从今年1月份寺田聪被调任到犯罪资料馆以来，已经两度目睹她通过再次搜查来解决悬案的英姿了。即发生在1998年的中岛面包公司企业恐吓·社长遇害案，以及发生在1993年的八王子市女大学生·大学教授遇害案。无论在什么时候，绯色冴子都能够凭借收藏在赤色博物馆中的证据进行极其大胆的推理，而寺田聪的任务，就是代替不善沟通的她去进行再次搜查。

"明白了。"

"友部义男的告白还有一点让我比较纠结。他最后说的是

诡计博物馆　149

'不仅如此，我……'对吧？可话还没说完就断了气。他到底是想说些什么呢？"

"抱歉，我实在是没能听清楚。不过话又说回来，关于友部义男的告白，咱们是不是也该和搜查一课的人通个气？"

"为什么？如果真的是交换杀人，那么案件诉讼时效肯定早就到期了。搜查一课的人是不会对那些已过诉讼时效的案件进行再次搜查的。因为即便查明了真凶，也无法对其追究刑事责任，这对搜查一课来说毫无意义可言。"

看来，绯色冴子是不准备将告白的内容告知搜查一课了。这次再次搜查，依然是我们的独角戏。

"确实，就算知道是交换杀人，但事到如今，搜查一课也不会再采取行动了。不过我还是觉得不能因为这个原因就将这重要的信息瞒而不报。别忘了，将知道的情报信息共享可是警察组织的铁律。"

但是，绯色冴子还是没有改变主意的意思。

"等进行完再次搜查之后，和调查结果一起通知到他们就行了。"

"要是那样做的话，肯定会得罪搜查一课的……"

"为什么？反正搜查一课也不会对这起案件进行再次搜查了，所以不通知他们也没什么吧。"

在自己的地盘里被其他人用自己所不知道的情报给抢了风头，肯定会很没面子的啊！——寺田聪本想这么向绯色冴子解释，但最终还是放弃了。毕竟在绯色冴子的字典里，压根就没有面子、地盘、风头之类的词汇。

寺田聪站在那里，脑海里突然闪过一个问题。

"对了，馆长有没有考虑过，会不会是我听错了友部义男的告白？再或是记错了？有没有这种可能？"

"你觉得自己有可能听错或是记错吗？"

"我觉得不太可能。"

"既然如此，就不要拿连你自己都不相信的事情来问我。至少我对你的观察力和记忆力还是非常看好的。"

4

　　除了保存证物以外，犯罪资料馆还保管了一些搜查文件。寺田聪从保管搜查文件的库房里调取了有关国分寺市资本家遇害案、调布市肇事逃逸致医生死亡案及赤羽不动产公司社长遇害案的搜查资料。

　　寺田聪在心里暗暗发誓，这次一定要赶在绯色冴子之前查明真相。虽然她毫无搜查经验，但不得不承认凭借她的能力绝对堪称天才搜查员。可自己在七个月之前也还是堂堂搜查一课的一名成员，而且年纪轻轻就进入了这个警视厅上下都艳羡仰视的顶尖部门，必须让她见识见识自己的实力。

　　更何况，亲耳聆听到友部义男临终遗言的人可是自己，所以，亲手让二十五年前交换杀人的真相浮出水面，自己责无旁贷。

　　在此前的两起案件中，绯色冴子都不过读了搜查资料就已经将真相牢牢地把握在了手中，而命令寺田聪前去询问只不过是想要验证自己的推测。而这次，她很可能还是会在读过搜查资料之后就抓住真相。所以，要想与她竞争，自己也必须做好从搜查文件的蛛丝马迹中寻到真相的准备。

寺田聪和雪女坐在同一个房间里，互相传阅着有关这三起杀人案件的资料。近身相处，宛如置身于0摄氏度以下的雪山。

首先是国分寺市资本家遇害案。

案发当时，被害人友部政义时年六十七岁，单身，通过炒股积累了大量家产。9月20日上午10点多，前来打扫卫生的家政人员在他位于国分寺市富士本的家中发现了他的尸体。友部政义似乎是在前往金库的途中遭受重击，随即倒地毙命。死亡推定时间是事发前一天——也就是9月19日晚上的10点到12点之间。左后脑处有遭受殴打的痕迹，凶器就是掉落在尸体旁边的高尔夫球杆。那根高尔夫球杆是友部政义自己的，用来擦拭球杆的抹布也掉落在一旁。金库门打开着，而里面早已空空如也。

考虑到案发现场的情况，警方判断应该是被害人正在擦拭球杆的时候遭遇了入室抢劫，在凶手的胁迫下打开保险柜。正当友部政义想要趁机逃跑时，凶手随手抄起身边的高尔夫球杆就从背后给了他当头一棒。根据被害人是左后脑被击的情况，可以推断出凶手是个左撇子。

当时，友部义男正苦于自己所经营的健康器材销售公司资金周转不灵，所以自然而然地成了警方怀疑的对象。但他却有一个完美的不在场证明。当时，他和妻子正在美国度假，分身乏术。此外，凶手被认定是个左撇子，友部义男却是个右利手。当然，他有可能是伪装的。所以警方又向他的老相识们调查取证，但众人言之凿凿，友部义男的确是个右利手。

接下来是调布市肇事逃逸致医生死亡案。

被害人泷井弘是一名在医院工作的内科医生，案发时年仅三十四岁。9月12日晚上10点左右，他在回家途中，在调布市杜鹃

诡计博物馆 153

丘遭遇肇事逃逸，当场死亡。没过多久，此案的最大嫌疑人就浮出了水面，那就是供职于东京都自来水管理局的职员君原信。君原有个比他小十岁的妹妹，名叫史子，就在滝井工作的医院里当护士。她和滝井原本是一对恋人，但后来滝井为了攀上医院理事长女儿的高枝，就把史子给甩了。而且，就在事发前不久，滝井还以现在结婚为时过早为由骗史子打掉了腹中的胎儿。经过这一系列的重创，史子的精神状态开始变得异常不稳定，最终大量服用强效医用安眠药结束了自己年轻的生命。君原非常疼爱自己的这个小妹妹，因为她的自杀，他对滝井燃起了熊熊的痛恨之火。但是，君原却也有着完美的不在场证明。从12日晚上6点到翌日凌晨3点，君原一直在自来水管理局值夜班，同值的好几个同事都可以为他作证。

最后，是赤羽不动产公司社长遇害案。

杉山早雄是杉山不动产的社长，事发当时三十五岁。12日晚上9点左右，杉山刚刚从位于北区赤羽的公司离开就遇刺身亡了。没过多久，一个最大嫌疑人就浮出了水面。比他小三岁的弟弟庆介是同一家公司的专务。围绕着经营方针问题，曾多次与身为社长的哥哥发生直接冲突，不过，庆介也有不在场证明。他声称在下班回家的路上曾乘坐JR琦京线前往池袋散步，途中偶遇了高中时代的朋友，于是两人便在晚上9点左右来到池袋站前的居酒屋一起喝酒。居酒屋的店员也还记得当天店里确实来过一个庆介模样的客人，从而也进一步确认了庆介的不在场证明。

整整一天，他们两个连续研读了这三份搜查资料，只有午餐时中断了一下。中午的时候，清洁工中川贵美子曾在馆长室露了个面，见两人竟完全沉浸在搜查资料之中，惊得连连摇头，一言不发地离开了。

当寺田聪读完最后一份赤羽不动产公司社长遇害案的搜查资料时，已经是晚上8点钟左右了。因为用眼疲劳，眼睛也开始有些肿痛。要是搁在以前，一到下午5点半的下班时间，寺田聪早就开溜了。但这次他可是下定决心要赶在绯色冴子之前破案的，所以居然也干劲满满地忘记了时间的流逝。

寺田聪抬眼看了看绯色冴子，她好像也已经读完了所有的搜查资料。她将调布市肇事逃逸致医生死亡案的资料摆放在桌面上，似乎在沉思着什么。

"肇事逃逸致医生死亡案中的君原信，不动产公司社长遇害案中的弟弟庆介，看上去都很有作案嫌疑呢。不过，他们两个人都有不在场证明庇护。虽然都有动机，但又都有完美的不在场证明。也就是说，君原信和杉山庆介，都满足交换杀人共犯的条件。不管是哪个案件，都有满足作案条件的人物存在，所以不管是哪个案件，都有可能是交换杀人的对手案件。"

馆长点了点头。

"您觉得会是哪个案件呢？"

寺田聪问。可绯色冴子却回答说"还不知道"。看来即便聪明如她，这次也无法像往常那样仅凭查阅资料就看清真相了。

"我认为共犯满足的条件应该有三个。第一，在友部政义遇害的9月19日没有不在场证明。第二，从友部政义受伤的部位考虑，共犯是左撇子的可能性比较大。第三，他和友部义男应该有着某种交集。"

"和友部义男有着某种交集？"

"在推理小说中描写交换杀人案件的套路，无非就是陌生人之间偶然相遇，聊天后得知对方有想要杀死的人，于是就相约交换杀人，然后故事就由此展开了。但在现实中，我很难理解陌生人乍一接触就会谈论杀人的问题。所以说，虽然现在看来凶手之间毫无联系，但实际上，他们原本就应该认识。原本就互相认识的两个人再次见面时聊天，聊着聊着就说到了杀人的话题，这么一来就能够解释得通了。也就是说，友部义男应该原本就认识君原信和杉山庆介二者中的一个。"

"的确有一定道理。但是，就搜查资料来看，在友部义男、君原信和杉山庆介之间，并没有什么共同点。不仅上学时就读的学校不同，职业不同，兴趣不同，就连人脉圈子也大相径庭。没有任何证据能够证明友部义男和君原信或杉山庆介之间此前就已经认识。"

"那只是因为没有就交集点进行搜查，才会忽视两人之间可能存在的交集。如果围绕交集点这个前提开展搜查，一定会有所发现。"

"总之，如果一定要进行再次搜查，我想再去会会友部真纪子，然后找机会和君原信、杉山庆介见上一面。"

5

　　第二天是星期二。早上9点多，寺田聪拨打了友部真纪子的手机，得知她还住在新宿的帕特里西亚酒店。于是，寺田聪就从距离犯罪资料馆最近的JR三鹰站，搭乘中央线向新宿赶去。

　　真纪子说前天就将丈夫的遗体从秋留野市立医院领了回来，并进行了火化。

　　"葬礼定在后天，我们回奄美大岛后举办。对于我们夫妻俩来说，东京的回忆并不美好，所以也不想在这里办丧事了。就像我前天所说的那样，两年前，丈夫经营的公司因为业绩不佳倒闭了，那段时间真是各种不愉快都找上门来了……"

　　"不难理解……"

　　"话说，您今天前来，又有何贵干？"

　　"还是关于前天提到的那个问题。我昨天说您丈夫在弥留之际提到了'二十五年前'，只说了一句就去世了。但实际上并非如此。其实，您丈夫还做了一番非常惊人的告白。"

　　"惊人的告白？他都说了些什么？"

寺田聪一五一十地说起了那段交换杀人的告白，听得真纪子脸色煞白。

"你确定不是自己听错了？"

"不，你丈夫确实是这么说的。事实上，正如您丈夫告白的那样，在1988年的9月12日的确发生了两起情况吻合的杀人案件。"

听闻调布市肇事逃逸致医生死亡案和赤羽不动产公司社长遇害案的描述之后，真纪子的脸上浮现出惊愕的表情。

"但是我丈夫和伯父的关系很好，而且他是绝对不可能去做杀人这样可怕的事情的！"

"听说案发当时，您先生正为公司资金筹措一事绞尽脑汁。"

"你说这话是什么意思？难道这样就能够认定我丈夫有杀人的动机了吗？"

"失礼了，但确实如此。请问，还记得您丈夫在9月12日那天的行程吗？"

"——都已经过去二十五年了，我怎么可能还记得？"

这倒是不假。关于伯父遇害当天的9月19日所发生的事情，事后肯定会被无数次问起，所以去美国旅行的记忆才会在她的脑海中烙下深刻的烙印。而那天之外的记忆，自然也没有印象深刻的理由。这也是此次开展再次搜查的最大障碍所在。

"那么，在伯父遇害之后，您丈夫有什么表现呢？"

"那还用问，肯定是悲痛万分啊。我们从美国旅行回来是在9月20日的傍晚。刚回到家，警察就打电话过来告诉我们伯父遇害了。我记得丈夫当时就像孩子似的哭了出来，那一幕就算我想忘都忘不掉。雪上加霜的是，第二天我丈夫又突发盲肠炎，在医院里住了一个星期，就连丧礼都没法参加了，丧葬之事还是由我代劳的呢。从那之后我丈夫就变得非常消沉，很长时间都打不起精神来了。"

友部义男和真纪子的夫妻关系是否有些疏离呢？虽然她对丈夫的死感到非常震惊，却没有过多悲伤的色彩。她之所以会在面对寺田聪的质疑时变得面无血色，与其说是因为深爱着丈夫，倒不如说是对丈夫是杀人犯的事实感到惶恐——担心自己会因此蒙羞。

6

"野口小区"是位于东村山市野口町的一座五层公寓。历经三十多年的岁月，已经相当陈旧了。

按响304号房间的门铃，房门打开了。开门的是一位五官端正的白发男子。虽然还是五十多岁的年纪，但因为一头白发的缘故，看上去苍老了许多。那抹无情的白色，让人不由得联想到他的人生曾经历过何等的残酷。

是君原信先生吧。寺田聪问。男子默默地点了点头。

"我是给您打过电话的寺田聪，警视厅附属犯罪资料馆的。这次承蒙接见，非常感谢。"

在调布市肇事逃逸致医生死亡案的搜查资料中，记载着最大嫌疑人君原信的地址和电话号码。毕竟事情已经过去了二十五年，寺田聪原本以为就算他已经搬家了也不足为奇，没想到试着拨通电话之后，却听到了"我是君原"的回复。经过确认，的确是君原信本人。寺田聪自称是警视厅附属犯罪资料馆的人，现在正在构建案件的数据库，不过在泷井弘遇害一案的记录中遗失了一些形式性的内容，希望能够和他重新确认一下。以此为由，与君原信约好了见面相关事宜。

"请进吧。"

说完，君原就把寺田聪引进了厨房。厨房里虽然打扫得很干净，但几乎没有家具，总觉得有些凄凉。寺田聪拿出名片，交给了君原。对方伸出右手接了下来，只看了一眼就随手放在了桌子上，似乎一点都不感兴趣。

看来君原信是右利手。在这一点上，与友部政义遇害案中的凶手形象不符。不过，也有可能是他在得知那次案件中凶手被推定为左撇子，所以才在那之后的二十五年里硬生生地把自己的用手习惯改成了右手。毕竟，二十五年的时间那么充裕，一定可以练得和天生右利手的人一模一样吧。

"遗失了哪些形式上的内容？"君原信问。

寺田聪一边回忆着搜查资料，一边斟酌着案件的细节提了些恰当的问题。君原信一五一十地流利作答，声音中没有流露出丝毫的积极性。据说君原非常疼爱妹妹。恐怕他的时间，早在二十五年前妹妹去世的那一天，就随之停止了吧。

许久之后，寺田聪停止了提问，说："谢谢您的配合。这样，记载所遗漏的问题就补全了。"

墙壁上挂着的照片吸引了寺田聪的注意。照片中，是青年时代的君原信和一个二十岁左右的漂亮姑娘。他们背对着学校的正门，无忧无虑地笑着。

"……那是我妹妹。"

似乎是注意到了寺田聪的视线，君原信凄凉地说。

"这是她从护士学校毕业时照的照片。因为父母早逝，所以我代替父母去参加了毕业典礼。"

"原来如此。"

"我明明已经觉察到妹妹似乎在为了什么事情烦恼,却没有好好地问问她究竟在烦恼些什么。如果那个时候我再上点心的话,说不定妹妹就不会自杀了……"

虽然有些为难,但寺田聪还是狠下心来,问道:

"知道泷井弘被杀的时候,您是怎么想的?"

"虽然不知道凶手是谁,但还是想谢谢他。与此同时,我也特别后悔,为什么干掉那个家伙的人不是自己呢?"

当着警察的面居然如此口无遮拦,真是胆大包天。

"那您还记得泷井弘被杀一周之后的9月19日,自己都做了些什么吗?"

"9月19日?我不记得了。为什么要问那天的事情呢?"

"实不相瞒,杀死泷井弘的人物现身了。"

君原信无动于衷的表情终于出现了微妙的变化。

"您是说,杀死泷井的人出现了?"

"没错。"

"可这和9月19日又有什么关系呢?我不太明白你的意思……"

"犯人说他是交换杀人。犯人替别人杀死了泷井先生,作为交换,那个人在9月19日替自己杀了伯父。"

君原又恢复了此前面无表情的样子。若是知道交换杀人的共犯背叛了自己,应该会流露出惊慌和焦虑的情绪吧。

"原来如此。你是在怀疑我参与了交换杀人吧。那个人在交代杀人共犯的时候,说出了我的名字吗?"

"没有,他倒是没提到你的名字,只是说作为交换杀人的条件,他杀死了泷井先生而已。"

"如果是我的话,才不会去交换杀人呢。我恨透了泷井,恨不得亲手杀了他以解心头之恨。要是交给别人动手，根本就不能平息自己的愤怒，你能理解我的那种感受吗？"

即便是一种诡辩，但依然具有一定的说服力。如果寺田聪不是警察的话，也许就会相信他了。

但是，没有更多具有说服力的证据也是事实。你也看到了吧。君原似乎在说。

"那么，可以请您回去了吗？我也差不多该去工作了……"

7

位于北区赤羽的杉山房地产公司是一幢全新的多层建筑,应该是在二十五年前案发当时的公司大楼基础上改建的吧。虽然时下经济不景气,但还能改建得起大楼,看来公司的业绩还不错。

寺田聪被引进了位于六楼的社长室。一位年近六十岁的男子从书桌后站起身来,面带笑容地走过来和寺田聪打招呼。这个男子虽然大腹便便,但看上去精力十分充沛。他就是现任社长杉山庆介,也是二十五年前杀害不动产公司社长的最大嫌疑人之一。

"我是警视厅附属犯罪资料馆的寺田聪。"寺田聪一边自报家门,一边呈上名片。杉山用左手接过名片,可见多半是个左撇子。

"说到犯罪资料馆,到底是负责哪方面工作的呢?"

寺田聪简明扼要地介绍了一下自己的业务范围。

"二十五年前您哥哥遇害的那起案件,因为遗漏了一些形式上的内容,所以前来确认一下。"

和见君原信时一样,寺田聪一边回忆着搜查资料,一边斟酌着案件的细节提了些恰当的问题。

杉山像是在回忆当时的情形似的，缓缓地闭上了眼睛。

"那一天啊，我和高中时代的朋友喝完酒回来，洗完澡就躺下睡了。谁知半夜里警察打来电话，说发现哥哥在公司附近遇害了……我吓得心跳都快要停下来了。要是有心怀鬼胎的人对警察造谣说是我杀死了哥哥，那我可真是跳进黄河也洗不清了。确实，关于公司的经营方式问题，我和哥哥的确有过分歧，但不管怎么说他都是和我光着屁股一起长大的亲兄弟，只要不在公司，我们的私人感情还是非常不错的。好在那天是朋友和我一起在池袋站前喝的酒，我有不在场证明。要不然的话，后果真是不堪设想……"

"案发之后，您既要举办哥哥的葬礼，又要处理公司事务，一定很忙吧？"

"那可不，忙得晕头转向呢。"

"那您还记得案发一周之后的9月19日，您都在忙些什么吗？"

"9月19日？真是莫名其妙，谁还能记得那天发生的事情？应该是在公司处理事务吧，但具体做了些什么还真是记不起来了。"

预料之中的反应。

"9月19日怎么了？"

"实际上，就是杀害您哥哥的人出现了。"

杉山庆介瞪大了眼睛。

"——杀了哥哥的人？那个浑蛋是谁？"

"抱歉，现在还不能说。"

"为什么啊？我可是哥哥唯一的弟弟，我有权知道是谁杀了我哥哥！"

诡计博物馆　　165

"十分抱歉，但现阶段还不能告诉您更多的信息，我们还需要进一步调查那个人的证言是否属实。"

杉山庆介还想发牢骚，但像是突然意识到了什么似的，又问：

"不是，我没弄明白，杀了哥哥的人出现，和我9月19日在干什么，这之间有关系吗？"

"那个人说他是和别人约好了交换杀人。作为12日杀害您哥哥的条件，对方会在19日帮他杀了自己的伯父。"

杉山庆介的脸上浮现出愤怒的神情。

"原来如此，你怀疑是我杀了那个男人的伯父？"

"您怎么知道那个人是个男的？"

"少来跟我抠字眼，但凡是个人，脑子动一动就知道，女人怎么可能想找人杀了自己的伯父？肯定是个男人啊！那么，那个男人说我就是他交换杀人的帮凶咯？到底是哪个浑蛋？该死的骗子！"

"他倒是没说您是交换杀人的共犯，只是说作为交换杀人的代价，他杀死了您哥哥而已。"

这个时候，不能告诉他交换杀人的共犯已经死了，而是要让他感到不安，要让他担心对方究竟还吐露了多少真相。

"请让我和那个骗子见上一面，我一定得撕破他那张厚脸皮！"

看上去，杉山只是在单纯地发脾气，如果知道交换杀人的共犯背叛了自己，应该会暴露出惊慌和焦虑的情绪吧。但是，杉山也许只是在拼命地虚张声势。也许，他已经从新闻报纸上知道了友部义男遭遇车祸一命呜呼的消息，所以很清楚警察根本不可能再让他和共犯当面对质。

"抱歉，暂时还不能安排你们见面。关于他是否就是杀害您哥哥的真凶，我们还在确认中。"

"我刚才也已经说过了，只要不在公司，我们的私人感情还是非常不错。难道你们警方直到现在还在怀疑我吗？给我适可而止吧！"

"我们没有怀疑您的意思，之所以会问您一些问题，也是想把您排除在嫌疑人名单之外。"

"总之，让我见见那个男人吧！这样的话，我马上就能自证清白。"

"很抱歉，你们现在还不能见面。话说回来，9月19日那天您都做了些什么，现在还是没想起来吗？"

"废话，怎么可能想得起来！"

到头来，关于君原信和杉山庆介在9月19日那天究竟做了些什么，现在还是一无所知。而且他们两个人在听闻交换杀人的共犯坦白了交换杀人的事实之后，都没有流露出凶手应有的惊慌和焦虑情绪。看上去，君原信应该是个右利手，但是毕竟已经过去了二十五年，他完全有足够的时间将自己从左撇子改变成右利手。

真凶就在他们两个人中间，这点毋庸置疑。但现在没有决定性的证据。

究竟是怎样的一个人，才会被选为交换杀人的共犯呢？坐在回程的JR崎京线的电车中，寺田聪百般思索着这个问题。作为交换杀人的共犯，基于对彼此的信赖，实际上在某种层面上，他们已经结成了某种命运共同体，类似于夫妻那种关系。不，这种羁绊也许比夫妻关系还要牢固。即便是夫妻，如果失去了对彼此的信赖，依然可以选择离婚。但作为交换杀人的共犯就不一样了，他们无论如何都不可能离开对方。因为离开就意味着背叛，背叛就意味着东窗事发。不离不弃，直到死亡之日——这句用在结婚典礼上的誓词，相比描述夫妻，倒是用来形容交换杀人的共犯更贴切。

但是，与夫妻不同，交换杀人的共犯几乎没有多少互相接触的机会。犯罪前自不待言，犯罪之后也会极力避免彼此接触，这才是交换杀人的铁律。因为，即便是一次无意中的接触，也可能被警察顺藤摸瓜地察觉到共犯的存在，如此一来，交换杀人的意义将荡然无存。所以，无论如何，他们都必须装得素不相识。

交换杀人的共犯之间，不仅要以比夫妻还牢固的羁绊连接着彼此，还得像一年只能相会一次的牛郎织女那样，严守着禁止接触的禁令。

友部义男和他的共犯，在犯罪之后恐怕也不能直接接触。他们会通过电话或书信进行联络吗？在犯罪之后的二十五年里，他们会定期联络吗？还是不久之后就彻底断绝了联系？

不，应该不会彻底断绝联系。也许他们会时常涌现出被对方背叛的不安。为了缓解这种不安的情绪，掩人耳目地保持联系还是很有必要的。

如果是通过电话进行联络的，那么通过调查友部义男的固定电话和手机通话记录，也许就能找到那个共犯。

但是，再深入一想却发现这根本就行不通。友部义男的智能手机已经在那次事故中毁坏了，所以查询通话记录已经没有了可能性。若要调查电信公司保存的通话记录，就必须有搜查令。可这起案件已经过了时效，就算我们申请搜查令，法院也不会批准。绯色冴子和寺田聪现在所做的事情，最多也就算是个研究活动,连搜查的边儿都沾不上。

共犯之间的联络,还会留下些别的记录吗?寺田聪绞尽脑汁,却怎么想都想不出来。

就在这时,他的脑海中突然灵光一闪。

有没有留下联络记录并不重要,重要的是进行联络这个事实。

如此想来,君原信和杉山庆介谁才是那个共犯,寺田聪已然想明白了。

8

回到犯罪资料馆后,寺田聪来到馆长室,将他与友部真纪子、君原信、杉山庆介之间的谈话内容悉数汇报。

"辛苦了。"

"馆长,您有什么想法吗?"

"我倒还真在考虑一件事情,关于惯用手的……"

惯用手?惯用手有什么可疑的地方?君原信是右利手,杉山庆介则是左撇子,这是一目了然的事情。在寺田聪的推理中,惯用手压根不是重要环节,被这么一问,他不禁感到有些不安。寺田聪强压住心中的不安,开口问道:

"事实上,从询问的结果来看,我隐约已经知道在君原信和杉山庆介当中,到底谁才是友部义男的共犯了……"

"说来听听。"

"友部义男在和共犯进行交换杀人之后,会怎么做呢?我想他们应该害怕被警方盯上,所以不敢明目张胆地联系。不过,他们很有可能仍在保持着秘密联络,因为共犯之间应该也有某种对方可能背叛自己的担忧,为了缓解这种担忧,他们必须保持联络。"

"两年前,友部义男自己经营的健康器材销售公司因为业绩不佳倒闭了,但另一方面,杉山庆介的公司却有钱在公司原址的基础上改建一座六层高的大楼,可见业绩相当不错。如果共犯是杉山庆介的话,想想看,当友部看到志得意满的杉山又会作何感想呢?自己将杀人得来的资金全部投入公司经营,结果却惨淡收场;而杉山杀人的回报却是接手一个集团,而且经营得红红火火……

"如果交换杀人共犯双方的犯罪动机都是求财,那么双方都赚得盆满钵满自然是皆大欢喜,但如果其中一方失去金钱,肯定会感到不满——凭什么亏钱的人是我,他却来钱来得那么容易?如果一方是为了求财、而另一方是为了复仇,也许不会产生那样的不满,毕竟双方动机不同。也就是说,如果双方都以金钱为目标,那么失去金钱的一方一定会心存不满,甚至为了钱有可能还会去向赚钱的另一方威胁勒索。由于共犯双方犯下的是同样的杀人罪,所以获利少的一方完全有动机以披露罪行为由去勒索获利多的那一方。

"因此,如果自己公司的业绩不佳,友部会去威胁杉山,让其为自己的公司提供资金援助,毕竟杉山的公司业绩不错。可结果呢,友部的公司还是倒闭了。如此看来,他的共犯就不是杉山,而是君原了。因为君原没有钱,所以不可能成为友部威胁的对象。更何况,君原和友部的杀人动机南辕北辙,君原一开始就是为了复仇。所以持续亏损的友部也不会对君原产生诸如'凭什么那个家伙做得那么顺利'的不满吧。"

"如果共犯是杉山庆介的话,友部义男肯定会去威胁杉山的——你是这么认为的吧?但是实际上,也许友部义男根本就不是那种会去威胁共犯的恶人呢？这点你有没有考虑到？"

"遗憾的是，我可不这么认为。为了继承遗产而找人杀害自己的伯父，作为回报，他却能够下狠手去杀一个素昧平生的人，这种人还有什么高尚的道德心可言？在自己陷入资金困境的同时，杉山却赚了个盆满钵满，我想友部去胁迫杉山的可能性几乎是百分之百。退一步来说，即便友部不是那种会去威胁杉山的恶毒人物，但是站在杉山的立场考虑，如果知道自己之前共犯的公司有可能倒闭，想必杉山也会感到不安吧。他肯定害怕万一友部自暴自弃被警方盯上了，那交换杀人的罪行很可能就暴露了，所以他应该会主动提出对友部的公司进行资金援助。这么想来，如果杉山是共犯的话，友部的公司很可能就不会倒闭了。

"如此可以推断出，君原信才是他的共犯。虽然看上去他是个右利手，但其实从前很可能是个左撇子。或许是他预料到警方已经了解到当年交换杀人的情况，为了洗脱自己杀死友部政义的嫌疑，才在我面前假装成右利手。再或者是在友部政义遇害之后，他从报道中得知警方推定凶手是个左撇子，所以才刻意在那之后的二十五年里改变了用手习惯，硬生生地把自己从左撇子变成了右利手。二十五年的时间，足以让自己练得和天生右利手的人一模一样了吧——此外，从不在场证明来看，杉山也不可能是共犯。"

"不在场证明？"

"杉山的不在场证明，是在他哥哥遇害的时刻，他正和高中时代的朋友在池袋站前的居酒屋喝酒，而那个朋友是他在下班后到池袋散步时偶然遇见的。如果杉山是共犯的话，那么应该事先就准备好不在场证明。偶然在街上碰到的朋友，想必杉山是不会依赖这种不稳定的不在场证明吧。反过来说，正因为杉山的不在场证明事出偶然，所以他也不可能是共犯。"

"那也不一定吧。或许杉山原本打算去池袋制造不在场证明，只不过在动手之前偶遇了之前的朋友，于是他随机应变改变了策略，和他的朋友一起度过了那段时间。这样的不在场证明岂不是更自然些吗？"

"这么想来也确实有可能……那么馆长，在您看来，杉山庆介才是共犯咯？"

"不，我可没那么说。"

寺田聪不明白绯色冴子到底在想些什么。共犯一定是君原信和杉山庆介之中的一人。在她看来，究竟谁才是共犯呢？

"其实，在你外出调查的这段时间里，我留意到关于友部义男的惯用手问题存在一个矛盾。"

"——惯用手问题存在一个矛盾？"

"根据搜查文件显示，友部义男是个右利手。而因为转身逃跑时遭受致命打击的友部政义是左后脑处受伤，所以推定凶手是个左撇子。凭借这一点，再加上拥有不在场证明，所以友部义男才洗脱了嫌疑，对吧。

"但是，根据你的汇报，在交通事故中死去的友部义男是把钱包放在裤子左侧后口袋里的。由此可见，他是个左撇子。因为对于左撇子来说，把钱包放进左侧口袋要方便许多。在二十五年前，友部义男原本是个右利手，但前天死亡的时候他居然变成了个左撇子，这该如何解释呢？"

寺田聪被问得哑口无言。

"首先想到的答案，是在这二十五年的时间里，他将自己从右利手改变成了左撇子。如果从这点考虑的话，那一定是因为他使用右手不那么方便。可是在现实社会情况中，如果把自己从左撇子变成右利手的话倒是可以理解，毕竟还是右利手生活起来更方便。他却是从右利手变为左撇子，这么一来反而更不方便了。所以这种考虑就行不通了。那么就只剩下一种解释：他的右手应该是落下了某种残疾。

"但是，既然友部义男能够驾驶租来的汽车，就说明他的右手没有残疾，否则就无法得心应手地操作方向盘了。这就意味着，他也没有必要非得把自己从一个右利手改变成左撇子。也就是说，'他改变了用手习惯'的解释就失去了意义。

"那么，也就只剩下了一种可能：之所以惯用手会发生改变，是因为二十五年前的友部义男，和前天死于交通事故的那个男人，根本就不是同一个人！"

"不是同一个人？"

寺田聪感到十分茫然。

"是啊，不是同一个人。另一个人成了友部义男。"

"可是，这怎么可能？别忘了在医院的时候，可是他的妻子真纪子亲眼确认了遗体的。"

"没准是真纪子出于某种理由而故意撒谎骗你们的呢？"

"到底是什么时候换的？为什么要换？冒充友部义男的那个男人到底是谁？真正的友部义男又跑到哪里去了？"

"这些问题稍后再讨论。总之，咱们先把冒充友部义男的那个男人称为X吧。首先应该搞明白的是，X临死前说的那番话。那番话，究竟是以友部义男的身份说出来的，还是X在为自己发声呢？

"不妨先假定他是以友部义男的身份说出来好了。在这种情况下，X为什么要坦白交换杀人的恶行呢？如果是义男本人的话，一般可以理解为临死前的良心发现，受赎罪意识的驱使而坦白罪行。然而，X并不是友部义男，所以他不会有这种赎罪意识。那么，他的告白就是为了揭露义男的罪行吗？但是在这种情况下，他就没有了继续装作义男的必要。如果想要控告义男的罪行，那么以X的身份反而要方便得多。这样想来，将那番话看作是X为自己发声才更妥当些。"

"的确如此。那时候X也意识到自己快要死了，死到临头，也就没什么说谎的必要了。"

"这么一来，我们就有必要重新审视一下X临死前的那番话了。"

——二十五年前的9月，我犯了罪……交换杀人的罪……

——先是我杀了那个叫……的男人，一个星期之后，共犯帮我杀了……

寺田聪的脑海里，清晰地闪现出那个在自己眼前死去的男人的临终遗言。

"1988年9月12日，滝井弘和杉山早雄遇害，一周后的19日，友部政义遇刺身亡。从那番临终遗言可知，友部义男先动手杀害了共犯的目标人物滝井弘或杉山早雄，一周后，共犯又杀死了友部义男的目标人物友部政义。此前我们一直都是这么认为的。

"但是，那个做出自白的男人是X而非友部义男。X也曾说过，'我和共犯都有想杀的对象''但是，因为动机太明显，如果杀了人的话很快就会暴露'。当友部政义遇害时，都会想到凶手的作案动机就是为了继承遗产吧。

"但是，凶手却不是他的侄子友部义男，而是和友部政义没有任何血缘关系的X。所以，X也就没有了杀死友部政义的理由。

诡计博物馆 175

"这也就意味着,友部政义根本就不是X的目标——X拜托共犯杀死的目标人物不是友部政义。如此一来,如果共犯没有在9月19日杀死友部政义,X也就不可能在一周前的12日参与到泷井弘遇害案或杉山早雄遇害案中来。"

"X杀死的人既不是泷井弘也不是杉山早雄……"

若是这样的话,那自己岂不是一直都在目标之外兜圈子?

"那么,X杀的人到底是谁?他和共犯犯下的究竟又是哪两起案件?"

"X的案件和共犯的案件之间有一个星期的间隔。并且,在1988年9月发生在东京的六起杀人案当中,恰好符合这个一周间隔的条件的,除了泷井弘遇害案和杉山早雄遇害案这一组以外,还有其他两组值得深究。"

"还有两组?"

绯色冴子在电脑屏幕上打开了那个显示有1988年9月发生的六起案件的界面。

9月12日,调布市肇事逃逸致医生死亡案。案发地点在调布市杜鹃丘。被害人泷井弘,三十四岁,被撞身亡,肇事者逃逸。犯人不明。

9月12日,赤羽不动产公司社长遇害案。案发地点在北区赤羽。被害人杉山早雄,三十五岁。刀刺身亡。犯人不明。

9月15日,樱上水OL上吊遇害案。案发地点在世田谷区樱上水。被害人小山静江,二十六岁。伪装成上吊的样子绞杀。犯人是其前男友。

9月19日,国分寺市资本家遇害案。案发地点在国分寺市富士本。被害人友部政义，六十七岁。被钝器击打致死。犯人不明。

9月22日，西蒲田商店老板溺杀案。案发地点在大田区西蒲田。被害人三上晋平，五十岁。在澡堂中被溺亡。犯人是同一商业街的老板。

9月26日，品川站主妇遇害案。案发地点在JR品川站京滨东北线月台。被害人齐藤千秋，三十四岁。被人推下月台遭电车碾压而死。犯人不明。

"……第一个组合，是15日的樱上水OL上吊遇害案和22日的西蒲田商店老板溺杀案。第二个组合，是19日的友部政义遇害案和26日的品川站主妇遇害案。"

"没错，可哪一组才是X和他的共犯犯下的案子呢？根据X的告白，最初进行犯罪的X所杀害的是个男人，也就是说首先遇害的是女性的第一组不符合条件。这么一来，就是第二组——19日的友部政义遇害案和26日的品川站主妇遇害案，就是X和共犯犯下的交换杀人案件。X杀死了友部政义，而共犯则帮他杀死了主妇齐藤千秋。"

——先是我杀了那个叫……的男人，一个星期之后，共犯帮我杀了……

X的临终遗言再次回响在耳畔。寺田聪原以为友部政义是被"X"的共犯所杀，没想到却是被X自己所杀。

"这么说来，杀害友部政义的凶手被推定为左撇子，而X恰恰就是个左撇子，条件完全符合。"

"是啊。那么，X究竟是谁呢？'我和共犯都有想杀的对象''但是，因为动机太明显，如果杀了人的话很快就会暴

诡计博物馆 177

露'。他说的这两句话，意味着既有动机杀死齐藤千秋，又在案发时恰好拥有不在场证明的人就是X。"

"我这就去把品川站主妇遇害案的搜查资料给拿过来！"

寺田聪刚要起身，绯色冴子却说："已经准备好了。"随后，从抽屉里取出一份搜查资料。

"在这起案件中，的确存在着这么一个人——既有动机杀死齐藤千秋，又在案发时恰好拥有完美的不在场证明。这个人，就是千秋的丈夫。他和妻子关系不睦，想要离婚，但千秋却坚决不同意。她遇害的时候，丈夫正在一家常去的理发店剪发，拥有无可撼动的不在场证明。案发当时，她的丈夫三十七岁。而二十五年后的今天，就是六十二岁了，和你遇到的那个临终自白的男子年龄相当。丈夫的名字叫齐藤明彦，他应该就是这位X。"

X——齐藤明彦在临终前所说的，并不是"共犯帮我杀了伯父"，而是"共犯帮我杀了妻子"。

"那么，谁才是共犯呢？要说有明确的动机去杀害友部政义的人，也就只有他的侄子义男了，难不成还真是他？"

"不，义男无法杀死齐藤千秋。据真纪子所言，他们是9月20日才从美国回来的，而且义男从第二天开始就因为盲肠炎住院一周。千秋遇害是在26日，当时义男还躺在医院里，所以他不可能去杀人。"

"那，除了他还能有谁呢？"

"能够因友部政义之死获利，而且在案发时恰好拥有不在场证明的人，除此之外还有一个。"

"是谁？"

"真纪子。"

"啊，怎么会是她……"

"如果友部政义死了，她的丈夫就会继承遗产，真纪子自然也会获利。此外，友部政义遇害时，义男和妻子恰好在美国旅行，所以他拥有不在场证明。但与此同时，他的妻子真纪子，同样拥有不在场证明。就是为了交换杀人，她才提出去美国旅行来制造不在场证明的吧。"

"齐藤明彦杀害了真纪子的伯父友部政义，真纪子则帮他杀害了妻子千秋……"

"如果目标是个女性的话，想必真纪子在体力上也是完全可以胜任犯罪的吧。"

寺田聪回想起真纪子的身形。作为女性，她属于那种身材较为高大的类型，肌肉结实而匀称，应该是一直坚持运动的结果。如果确实是她的话，犯罪的可能性还是比较大的。

"也就是说，当她在医院看到明彦遗体的时候，指认说他是自己的丈夫，其实并不是因为自己看错了，而是考虑到明彦是共犯，想要欺瞒？"

"没错。现在回到你之前提到的四个问题吧。在这四个问题中，冒充友部义男的是谁这一问题已经解开了。剩下的三个问题是：友部义男和齐藤明彦是什么时候交换身份的？为什么要换？真正的友部义男又在哪里？

"三天前，真纪子和丈夫一起来到东京。当时的丈夫到底是真身还是齐藤明彦呢？

"两年前，友部义男和真纪子移居到奄美大岛。这个搬家有些突然。于是我做了一个大胆的假设，义男和明彦是不是就是在这个时候交换了身份呢？再深入一想，与其说是因为搬家才交换身份，倒不如说是为了交换身份，想要掩人耳目才搬去了远离东京和熟人的奄美大岛吧。

"那么，在这两年的时间里，齐藤明彦之所以会扮演真纪子的丈夫，也是想要掩盖友部义男已经死亡的事实吧。这么考虑应该比较稳妥。

"我不知道义男是怎么死的。也许是病死，也许是遭遇事故而死，也许是自杀……当然，也有可能是因为得知伯父遇害的真相而被真纪子灭口了。如果是死于疾病、事故或是自杀的话，真纪子没有必要隐瞒丈夫死亡的事实，所以，有很大的可能性是被灭口了。

"苦于善后的真纪子无奈之下只好又去联系之前交换杀人的共犯明彦。交换杀人的共犯，犯罪之前自不待言，即便是在交换杀人之后也应极力避免联系，这是铁律。因为一旦警方察觉到共犯的存在，交换杀人的意义将荡然无存。

"不过，这条铁律的约束期主要在警方搜查期间。一旦过了诉讼时效，警方不再搜查，并解除对嫌疑人的监控，那么嫌疑人也就放松了警惕，即便共犯们有所接触也并无大碍。虽然还得提防世人的目光，但至少已经不会再有来自警方的监视，所以基本上可以说是重返自由了。

"真纪子联系上明彦，请他帮忙处理丈夫的尸体，同时要求对方扮演自己丈夫的角色。如此一来，明彦就从他自己的生活环境中人间蒸发了，但因为品川站主妇遇害案已过诉讼时效，警方也不会自找麻烦，所以即便明彦失踪也不会招致警方的怀疑。

"如此看来，想必明彦最后说的那句'不仅如此，我还……'是想说'不仅如此，我还假扮成了友部义男'吧。"

"恐怕正是如此。但是，如果交换身份的事情被以前认识的人撞破可就麻烦了，所以他们才会决定移居到远离东京的奄美大岛生活。此后，他们便扮成了一对夫妻，这样对双方都有好处。

毕竟，真纪子和明彦都害怕对方背叛自己。如果在一起生活的话，就方便互相监视了。

"搬到奄美大岛之后，明彦以友部义男的身份考取了汽车驾驶证，拿到驾照的时间是去年的8月29日。可仅仅才过了一年，他就能轻车熟路地在你前方开车，完全不像个初学者，大概也是因为明彦本人其实是个经验丰富的老司机吧。"

一年前才拿到驾照的人居然能够驾轻就熟地开车，从侧面也能印证那个"友部义男"其实就是个冒牌货啊。

"三天前，友部真纪子和齐藤明彦来到了东京。虽然真纪子声称是为了旅游，但毕竟东京熟人多，很可能会暴露明彦假扮成友部义男的事实，所以旅游的理由根本就不现实。两个人来东京，一定另有目的。

"明彦驾驶的租赁汽车是在桧原街道遭遇了交通事故。那附近的山林据说要建造一座太阳能发电站。我想，友部义男的尸体恐怕就埋在那里吧。随着太阳能发电站施工的推进，周围的山林恐怕会被开发，而埋在那里的尸体就会存在暴露的风险。所以，为了以防万一，他们大概是想要把尸体转移到别处去。

"首先，明彦一个人租车去那片山林看了看，不料途中竟然遭遇车祸，身负重伤。生命垂危之际，明彦不想再冒充友部义男，而是以自己本来的身份袒露了二十五年前犯下的罪行。然而，他的自白却被误认为友部义男的自白，所以事件就被复杂化了。

"得知齐藤明彦死亡的消息，友部真纪子大受打击，面无血色。其实，她并不是因为失去丈夫而悲伤，而是因为担心共犯以意想不到的方式死去会暴露明彦假扮成友部义男的事实。所以，她才会询问丈夫的事故死亡是否还存有可疑之处。

"真纪子之所以说不想在东京举办丈夫的葬礼，其实是怕你

诡计博物馆

看到友部义男的遗像。如果葬礼真的在东京举行的话，你可能会前去吊唁，一旦看到真人的遗照，就会发现遭遇车祸的那个'友部义男'是个冒牌货。但要是摆上齐藤明彦的遗像，那么被友部义男之前的熟人看到也还是会暴露。所以，还是不要举行葬礼的好。"

友部真纪子因为涉嫌在两年前杀害友部义男及弃尸罪而被捕。

因为齐藤明彦在二十三岁的时候曾犯过伤害罪，所以警视厅的指纹数据库里还保留着警方当年采集的指纹。另一方面，虽然遭遇车祸身亡的"友部义男"的遗体早已化为骨灰，但酒店的房卡和租车公司的租赁单上依然残留着他的指纹。两份指纹数据比对之后，得出的结论是来自同一人。在这个铁证面前，真纪子表现得大为动摇，最终对两年前杀害丈夫以及二十五年前的交换杀人罪行供认不讳，一五一十地和盘托出。根据她的证词，在桧原街道附近的山林中发现了早已化为白骨的友部义男的尸体，头部有被钝器殴打的痕迹。

她和齐藤明彦是小学同学。两人再次重逢，是在1987年12月召开的同学会上。当时，他们只是互相聊了几句彼此当下的境遇便匆匆分别了。然而，借着这次重逢的契机，不久之后他们再次见面了。不是因为滋生了爱情，而是想要逃避当下窘境的同病相怜。真纪子担心丈夫经营的公司会因为资金紧张而面临倒闭，明彦则纠缠在和妻子的貌合神离中苦不堪言。因为害怕被彼此的伴侣察觉，两个人在私会时都格外注意掩人耳目。互相抱怨过几次之后，两人竟不约而同地萌生了交换杀人的念头。作为交换杀人的共犯，至关紧要的是不能让人找到彼此之间的交集，而作为小学同学，想必警方是不会怀疑他们的。再加上两人私会时的保密工作做得十分到位，此时也算是派上了用场。

两人一拍即合，共同拟订了交换杀人的大致计划，同时约定今后不再见面，只能通过电话进行联络。

在实施了交换杀人之后的十五年里，两人果真没有再见面，只是通过电话定期进行联络，终于熬到了诉讼时效到期的那一天。既然警方已经结束了搜查，那么也就没有必要再担心警方的监控了。可即便如此，两人也依旧没有再见面，他们已经习惯了在电话中感知对方的存在。

两年前，友部义男所经营的健康器材销售公司因经营不善还是倒闭了。没有金钱傍身，昔日的酒肉朋友头也不回地作鸟兽散。义男郁郁寡欢，把自己关在家里闭门不出。他丧失了面对人间世事的勇气，只能在家缠着自己的妻子混日子。直到有一天，他偶然知晓了妻子在1988年9月杀死自己伯父的真相，便咄咄逼人地要问个明白。真纪子一怒之下，抄起手边的熨斗就向丈夫砸了过去，一击毙命。因为苦于善后，她只好向齐藤明彦求助。两个人一起把尸体埋到了桧原街道附近的山林里。应真纪子的要求，此后明彦就伪装成了她的丈夫。

交换杀人搭档是缔结而成的命运共同体，从某种意义上来说，这种搭档的关系远比执手一生的夫妻关系更加重要。这对交换杀人的搭档，即便只是逢场作戏，但最终也成了携手人生的搭档——直到死亡之日。

烈焰

1

那时，我才五岁。

围绕在身边的，都是我最最喜爱的人。温柔的妈妈，睿智的爸爸，还有几个月后即将出生的弟弟或妹妹，经常送我礼物陪我玩耍的小姨，爽朗的幼儿园老师，以及要好的朋友们。

我的身边，还围绕着自己最最喜欢的东西。布偶熊，妈妈钩织的刺绣，以及种在院子里的郁金香。

然而，这一切的一切，却几乎在同一天都消失不见了。它们离我而去，再也不会回来。

7月的那个清晨，8点40分刚过，我像往常那样牵着妈妈的手向幼儿园走去。

那天是幼儿园集体外宿的日子。包括我在内的所有大班的孩子一起乘坐巴士去海边的游乐园集体出游，在那里度过一个没有父母陪伴的夜晚。

我心里百感交集，既夹杂着对没有父母陪伴的夜晚的担心，又交织着想要成为一个能够克服困难的姐姐的迫切。姐姐……是的，事实上，我应该很快就会成为一个姐姐了。那个时候，妈妈已经有了三个月的身孕，预产期是来年2月，到那时，我应该就会有一个弟弟或妹妹了。

晚上和我一起洗澡的时候，妈妈总会让我摸摸她的肚子，微笑着说："肚子里有个小宝宝哦。"当时的妈妈还不怎么显肚子，但一想到腹中那个小小的生命会随着时间的推移变得越来越大，我不禁感叹生命的成长是多么奇妙且不可思议。

宝宝会是个男孩还是个女孩呢？起个什么名字才好呢？洗澡时，我和妈妈总在畅想着类似的问题。

画画的时候，妈妈也总会握着我的小手，引领着我去描绘一个小宝宝的姿态。

那天，除了集体外宿以外，还发生了另一件令我心潮澎湃的事情——小姨到我家来玩了，好像还打算住一段时日。虽然当天晚上我需要外宿、无法见到小姨，但小姨答应会等到我第二天回来之后再陪我玩游戏。小姨既聪明又活泼，还有留学美国的经历，我最喜欢小姨了。

来到幼儿园之后，我便加入了正在园里玩耍的小伙伴中间。

"小英美里，听说你得了感冒，现在好多了吧？真是太好了！"老师笑眯眯地说。

"因为想要一起去外宿嘛，所以就努力治好咯。"我回答说。我自小体弱多病，即便到了夏天也经常发烧，总是让妈妈担心。这次也是，因为得了感冒便回家休养了几天。如果今天依然请假在家休养，也许我的命运就会大相径庭了吧。

出发的时间到了，幼儿园的小朋友们纷纷乘上巴士，和自己的父母挥手告别。我的妈妈也微笑着注视着我，挥动着手臂。

这是我最后一次见到妈妈的身影。

第二天，大班的小朋友所乘坐的巴士回到了幼儿园。

小朋友的父母纷纷赶来接回自家的孩子，"你真努力！""好了不起哦！"之类的表扬声此起彼伏。小朋友们一边自豪地向父母汇报着集体外宿时所发生的事情，一边高高兴兴地回家去了。

可我等了很久很久，妈妈都没有出现。

发生了什么事情呢……我的心中莫名地笼上了一丝不安。

过了一会儿，我被单独叫去了园长的办公室。白发苍苍的园长一脸慈祥地对我说："爸爸和妈妈暂时有点事情来不了，小英美里再和老师玩一会儿好吗？"

"小姨呢？"我连忙问道，"小姨来我家玩了，她也没空来接我吗？"

嗯，是的。园长点了点头。

三个人居然一个都来不了，究竟发生了什么事情呢……虽然心中还是觉得有些不可思议，但跟老师玩耍起来，这个问题也就抛之脑后了。能够独占平日里被好几个孩子簇拥着的园长老师，我的心里别提有多高兴了。

在幼儿园里吃过午饭，一直到了下午，终于出现了两个陌生女人的身影。她们微笑着对我说："爸爸妈妈今天有点事情来不了呢，你来阿姨这里吧。""阿姨这里有好多小朋友哦，还有好多好玩的玩具呢！"

不安的感觉更剧烈了，我不由自主地开始哭了起来。那两个女人和园长一边安慰我，一边带我坐上了车。

原来，那两个女人是儿童福利院的工作人员。就这样，我住进了福利院。

每一天，我都会问那里的工作人员："爸爸妈妈什么时候才能来接我呢？"每一次，他们都会温柔地回答我："很快就会来了。"

我哭了，因为我的身边已经没有了妈妈、爸爸和小姨的身影，还因为心爱的布偶熊也不在身边。妈妈他们到底是怎么了？他们说的"有事"肯定是在撒谎，他们是不要我了吗？是不是我做错了什么？

我向在绘本中看到的神明祈祷，希望我的妈妈、爸爸和小姨能够早点来这里接我，希望自己能够早点回家。

然而，神明却并没有听见我的祈祷。

渐渐地，我已经不再询问"爸爸妈妈什么时候来接我"，也许在自己幼小的心灵中，已经隐约感觉到他们已经离我而去了吧。

直到我升入了小学三年级。一天，福利院的工作人员对我说："英美里长大了，有些事情也该告诉你了。"直到那时，我才知道在爸爸、妈妈和小姨身上到底发生了什么。

原来，那段时间，小姨被曾经交往过的男性纠缠不休，感到非常苦恼。因为不想复合，于是小姨便和妈妈一起商量了一下对策。妈妈说："我现在身子不方便，要不然你把他叫到家里来，我和你姐夫一起跟他聊聊。"

于是，就在我们幼儿园集体外宿的那个下午，小姨和她的前男友一起造访了我家。没想到话不投机，双方没能谈拢。于是小姨的前男友便在妈妈、爸爸和小姨的红茶里撒入了氰化钾，下毒谋害了他们，随后在家里浇上汽油，放了一把火。

一切都燃烧了。爸爸、妈妈、小姨、布偶熊、母亲钩织的刺绣、种在庭院里的郁金香，一切的一切。

没人知道小姨的前男友是谁。所以，凶手至今仍然逍遥法外。

听完那番话，我昏死了过去，还发起了高烧。员工们竭尽所能地照顾我、挽救我。

在灼心的高烧中，我做了一个梦。

梦中是我心心念念的家。大概是春天吧，和煦的阳光洒落下来，从客厅大开的落地窗里，飘来了阵阵笑声。

梦中的我，被那阵笑声吸引，不由自主地靠近窗户，静静地窥探着屋里的动静。

那里有妈妈，有爸爸，还有小姨。当然，小小的我也在里面。我们四个人微笑着俯视着婴儿床。床上的小宝宝不肯睡觉，正手舞足蹈地闹腾着。

哎呀，妈妈平安地生下了个小宝宝。是男孩还是女孩呢？该起个什么名字才好呢？

妈妈、爸爸、小姨、我，还有宝宝，大家都在。原来我只不过是做了一个梦——一个又长又可怕的梦。真的是太好了——

当我从昏迷中醒来的时候，工作人员们喜极而泣。

我多想从昏昏沉沉的脑海中再看一遍当时的场景啊，如果可以的话。哪怕只看一眼。

等我上了高中，我得到了一台二手数码相机。那时，突然有一个念头闪过脑海。通过相机的取景器，我是不是还有机会再看一眼当时的光景呢？

于是，我带着相机在大街上走来走去，漫无目的地拍摄着家家户户的场景。看到我拍摄的照片，福利院的工作人员们直夸我拍得好，甚至还建议我用福利院的电脑把它们传到网上。

没想到我上传的照片大受好评。拜其所赐，高中毕业后，虽然技艺尚浅，但我还是成了一名摄影师。

　　看过我照片的人都评价说："看似平凡，却引人怀念。"我想，那一定是因为在我的取景器的对面，始终都在追寻着那个梦中遗落的光景。妈妈、爸爸、小姨、我，还有宝宝。我一直在寻找那个平凡却引人怀念的家。

2

10月7日早上9点不到，寺田聪像往常一样来到位于三鹰市的犯罪资料馆上班。

他敲了敲馆长室的大门，却没有听到回应。于是他径直开门走了进去。

和往常一样，绯色冴子已经坐在桌前阅读资料了。

身材苗条，年龄不详。肤白胜雪，丝毫不输给那袭白衣。披散在肩膀上的妖冶黑发，衬托得她那像人偶一般的面颊愈发端庄。长长的睫毛下，精致的双眼皮装点着忽闪忽闪的大眼睛。如果现实中真有雪女存在的话，应该就是她这副模样吧。不过她戴着一副无框眼镜，确切地说，应该是现代版的雪女吧。

她的警衔是警视。虽说是高级公务员出身，但她在犯罪资料馆馆长的位子上一待就是八年，事实上早就脱离了警察界高级公务员的圈子了。

"早上好。"寺田聪打招呼道。和往常一样，依然没有得到回应。于是，他打算离开馆长室。

"等一下。我想给你看样东西。"

真是太阳打西边出来了,绯色冴子居然开口说话了。

"这是什么?"

回头看了一眼馆长递过来的复印件,寺田聪问道。

那是一篇从杂志上复印下来的小说,题目是《取景器的对面》,作者是本田英美里。很简短的一篇文章。

"昨天我去了趟美容院,为了打发时间,随手拿起了一本叫《CHEVEUX》的女性杂志翻了翻,偶然发现了这篇随笔。"

雪女的休息日居然是在美容院里翻看女性杂志度过的?真是难以置信。

"很快就能读完,你就在这儿看吧。"

既然领导都这么要求了,寺田聪便只好照办。可刚看了没多久,寺田聪就大吃一惊。

"这……这不是上周才贴了二维码的案件吗?"

"没错。这就是那个案件中唯一幸免于难的孩子写的。据说,她现在已经成了一个鼎鼎有名的摄影师了。这篇随笔写得很有深意。"

"要说很有深意倒也确实,不过,有必要非得特意复印一份吗?"

"我希望你能对这起案件进行再次搜查。回去再看一看搜查资料吧,记得把这个复印件也算在搜查资料里。"绯色冴子用毫无感情的声音说道。

寺田聪被发落到这个位于三鹰市的警视厅附属犯罪资料馆已

经八个多月了。主要的工作任务依然是往证物上贴标签。犯罪资料馆正在构建一个数据系统，只要用扫码枪扫描证物袋上贴着的二维码标签，就能从电脑上看到证物相关案件信息。

随着案件发生日期的推移，贴标签的进程也艰难地推进着。目前，已经贴到了1992年发生的案件了。

除此之外，寺田聪也有一些别的任务。

自从今年1月份寺田聪被发落到犯罪资料馆以来，绯色冴子已经对三起陷入迷局或因嫌疑人死亡而不了了之的案件进行了再次搜查并顺利结案。说是再次搜查，但因为绯色冴子不善沟通，实际上登门造访的却是原为搜查一课一员的寺田聪。不过，绯色冴子深藏不露，寺田聪多半只是奉命行事、收集证言而已。至于她之后推理出来的真相，往往能让寺田聪大跌眼镜……

绯色冴子似乎又要进行再次搜查了。给这起案件证物贴标签的工作在上周五才刚刚结束，因为当时已经看过一遍她归纳好的案件概要，所以寺田聪对这个案子还有印象。不过，为了把握好案件的细节，寺田聪决定把自己关在助理室里仔细重读，不放过任何蛛丝马迹。

案件发生在距今二十一年的1992年。

7月11日，星期六，下午4点左右，位于东京都世田谷区成城七丁目的本田章夫、本田朋子夫妇家发生了火灾，大约125平方米的木质二层住宅全部化为灰烬。在一楼的餐厅里，发现了一具男性尸体和两具女性尸体。三人均倒在餐桌旁边。

男性尸体的推断年龄在三十岁到五十岁之间，两具女性尸体的推断年龄都在二十岁到四十岁之间。其中一位女性怀有三个月的身孕，且有过生产经历，另一位女性没有生产经历。

尸体表面烧毁严重，难以通过面容判别身份。不过，因为无法与房主夫妇——三十五岁的本田章夫、三十二岁的本田朋子，以及当天前来拜访姐姐一家的二十五岁的远藤晶子取得联络，所以推测受害者很可能就是这三个人。

唯独本田夫妇的长女——只有五岁的英美里，因为当天参加了幼儿园的集体外宿活动而幸免于难。

因为本田章夫曾在附近的牙科诊所有过就诊经历，于是警方便将提取的病历与男性尸体的牙型进行比对，结果证实死者正是本田章夫。那个牙医和本田章夫是高尔夫球友，所以别人假借本田章夫之名来伪造病历的可能性几乎为零。

同时，警方还将怀孕女性腹中胎儿的DNA和本田章夫尸体的DNA进行了比对，证实胎儿的确是本田章夫的孩子，从而确定了怀孕女性是本田朋子。接下来，又将本田朋子和另一名女性的DNA进行了比对，结果显示二者是姐妹关系，所以另一名女性就是朋子的妹妹晶子。警视厅科学警察研究所在上世纪80年代后半期就已经开始进行DNA鉴定的研究，所以在案发当时的1992年，犯罪搜查中已经普遍开始运用这项技术了。

至于死因，警方最初推断是被烧死或吸入大量烟雾引起的一氧化碳中毒。司法解剖的结果却显示，在死者胃里残存着足以致死剂量的氰化钾，所以在火灾之前，他们应该就已经死亡了。

在餐厅被烧焦的桌子上，放着红色茶杯。虽然杯子里面的液体已经蒸发殆尽，但内壁上依然能够检测出氰化钾的残留物。

根据现场取证的结果，警方推断凶手先在餐厅泼洒了汽油，随后又点了一把火。在餐厅里还发现了疑似被烧化了的塑料桶，以及一个价值一百日元左右的打火机残骸。

搜查组从自杀、他杀两个思路进行了慎重的搜查，很快就排除了自杀的可能。作为一家贸易公司的社长，本田章夫的工作可谓顺风顺水。而章夫和朋子的关系也非常和睦，两人拥有一个疼爱备至的女儿，二胎宝宝也即将出生，一家人和和美美地生活在一起。即便是晶子，当时的工作也进展顺利。她曾两度留学美国，能够使用流利的英语，在同声传译工作领域大展拳脚，事发之前她还曾和朋友们说起过自己近期还有赴美深造的打算。由此看来，这三个人都没有自杀的理由，所以他们的死亡应该是受人所害。

事实上，案发当时摆放在餐桌上的红色茶杯总共有四个，也就是说，当时在场的总共有四个人。应该就是这第四个人，放火杀害了他们三个！

从尸体的烧伤中没有检测到生理反应这点来看，凶手应该先在红茶杯里掺入了氰化钾，将三人毒杀之后再浇上汽油放火。

以此为前提，针对此次杀人案件，成城警署设置了特别搜查本部予以调查。

不久，附近的搜查员得到有力情报。原来，在事发的两三天前，朋子和附近的主妇在街上闲聊时曾经提起过，自家妹妹的前男友想要复合，为此一直对妹妹纠缠不休。她想和妹妹的前男友谈谈，于是打算让妹妹领着前男友一起到家里来坐坐。本田章夫的公司周末双休，所以星期六那天本田章夫也在家，应该也会参与。

会谈最终还是没能谈拢。前男友气急败坏，残忍地杀害了晶子和本田夫妇，为了毁尸灭迹，又纵火焚烧了现场。从准备了氰化钾这点来看，晶子的前男友应该在来之前就做好了一旦谈不拢就动手杀人的准备。此外，考虑到装有汽油的聚乙烯桶需要自备，所以他应该是开车来的。本田家有两个停车位，平时只停着一辆章夫所开的奔驰，完全可以再停一辆别的车。

不过，至于晶子的前男友究竟姓甚名谁，附近的主妇们却没有听她提起过。

经过调查，警方锁定了晶子一年前曾经交往过的前男友。篠原智之，男，二十八岁，也是个同声传译。因为工作原因，两人渐渐亲近了起来。

然而，篠原一口否认了在案发当天拜访过本田家的推测。通过调查他的不在场证明，警方发现在案发当天的下午3点到4点之间，篠原的确一直在工作。

若是这样的话，那案发当天到本田家造访晶子的前男友就不是篠原了。

搜查组索性从晶子学生时代的恋人开始一一查起，但除了篠原之外，还真没有明确的目标。虽然晶子属于那种活泼开朗的性格，但私生活却比较低调，几乎从来没有和朋友谈起过自己的交往对象。

晶子在十九岁时就开始留学美国，在缅因大学读了一年书，二十二岁时又去赫伯特大学留学了一年。或许是在那时候交往的男友也说不定。但是，毕竟是在国外，所以专门委派搜查员前去调查取证也不现实。而当地的警察在协助调查之后，却给出了晶子在当时应该没有交往对象的反馈。

然而，在留学缅因大学的后半年里，晶子却基本上没去上课，甚至还搬出了学生公寓，行踪不明。根据出入境管理局的调查显示，在这一年里她曾有过几次临时回国的记录，时间都比较短，除此之外的时间里应该都在美国。那些日子，她究竟在做些什么呢？当地警察也没能帮忙查出个所以然来。在这一点上，搜查组的人倍感遗憾。

虽然搜查组的人对附近的居民也进行了反复询问，却始终没有得到有力的目击证言。本田家所在的住宅区十分幽静，在警方推定的下午3点到4点之间的作案时间里，街上本来就没有什么人，更没有可疑人物或车辆的目击报告。凶手盛装汽油的聚乙烯桶和廉价打火机都是批量生产的商品，无需定点销售，所以很难追查到购买者的信息。而调取附近加油站的监控录像之后，依然没有发现可疑人物。或许，凶手是从很远的地方买了汽油带过来的。

由于本田章夫、本田朋子均已去世，也没有祖父母或其他亲戚前来领养，于是，孤苦伶仃的英美里便被送进了儿童福利院。为了年幼的英美里，搜查员们拼了命地继续搜查，可最终还是徒劳无功，案件陷入了迷局。

根据2010年新修订的刑事诉讼法，已废除了杀人罪的公诉时效。

此前，在2004年的刑事诉讼法修正案中，将杀人罪的公诉时效由十五年延长到了二十五年。然而，2004年刑事诉讼法的修订仅针对2005年1月1日实施之后发生的刑事案件，此前发生的刑事案件，公诉时效依然为十五年。所以这起案件也不例外，在案件发生十五年之后的2007年7月11日0点，诉讼时效到期。

3

根据绯色冴子的指示，寺田聪将前去会会英美里。

据说英美里是个小有名气的摄影师，不过寺田聪从未有过耳闻。原本还想向绯色冴子多打听一下她的情况，却被沉默地无视了。迫不得已，寺田聪决定自己上网搜索一下。

根据维基百科记载，福利院出身的英美里因为在高中二年级时将自己平时拍摄积累的照片上传到网上而受到关注。虽然照片里拍摄的都是些琐碎的平常民家，但那种摄影技巧和溢于画面的怀旧气氛却远超业余摄影爱好者的拍摄水准，因而受到人们的广泛赞誉。以此为契机，高中毕业后的英美里有幸拜入著名摄影家芦田志津子的门下，目前已经出了两本摄影集，还与数家企业签约合作。

接下来，寺田聪试着在网页上输入"本田英美里"的关键字来检索她拍摄的作品。

令寺田聪感到惊讶的是，不仅仅是她所拍摄的照片——照片属于作品，除了作者本人之外，其他人不得擅自上传到网络，否则属于违反著作权法的行为——就连她本人的照片，网络上也炒得很热。甚至连她在杂志或电视上参加活动时所拍摄的照片或视频，在网上也传得比比皆是。

标准的鹅蛋脸，五官端正，干净利落的短发，大大的眼睛里透着一股坚毅的光彩。在1992年案发当时，她还是个五岁的孩子，算起来，现在应该得有二十六七岁了。

因为她是日本摄影家协会的会员，寺田聪便联系了那里，从中得知了本田英美里的住址和电话号码。接着，他便给英美里打去了一通电话。

电话刚接通的时候，从声音可以听出来对方的心情不错，但当寺田聪自报家门是"警视厅附属犯罪资料馆"之后，对方倒似乎有点不知所措了。寺田聪原本还以为对方会拒绝自己，没想到她却用一个低沉的声音回答说："好的，我知道了。"因为此时她正在银座的一家画廊里举办个人摄影展，两人便相约在那里见面。

个展的会场位于一栋商务大楼的地下室。在接待处，寺田聪自报姓名，让工作人员请英美里出来见面。之所以没有提及自己警察的身份而仅仅报了姓名，是因为寺田聪担心自己的身份会吸引其他人好奇的目光。他不想给对方添麻烦。

很快，英美里就从画廊里走了出来，现实中的她比照片上的还要美。

"我稍微出去一会儿。"

英美里和接待处知会了一下，便邀请寺田聪一起去了一楼的咖啡馆。

"我是警视厅附属犯罪资料馆的寺田聪。"刚一落座,寺田聪便递上了自己的名片。随后,向身边的侍者点了杯咖啡。

"您在《CHEVEUX》杂志上发表的随笔,在下已经拜读过了。真是非常感人的一篇文章。"

英美里吃惊地睁大了眼睛。

"啊,连那种东西都看啊?你们警方收集情报的能力还真是了不起呢!"

"呃,还好吧……"

想不到雪女在美容院翻看杂志的无意之举,竟能充当警方办事得力的力证。

"我还是第一次听说犯罪资料馆这个部门。请问你们就是像现在这样负责对陷入迷局的案件进行再次搜查的那种部门吗?"

"不,不是那样的。犯罪资料馆纯粹是负责保管和案件相关的证物和搜查资料的部门,这次之所以前来拜会,也仅仅是为了给搜查资料做一些补充。"

虽然绯色冴子冷不丁地再次搜查确实成功解决了一些悬案,但因为她的独断专行和深藏不露,和搜查一课之间心存芥蒂也是事实。像绯色冴子这种从未有过实际搜查经验,甚至被发落到边缘部门的高级公务员,居然在那些连搜查一课都破解不了的案件上大显身手,搜查一课能容得下她才怪。关于这点,直到今年1月份为止还身为搜查一课一员的寺田聪可是再理解不过了。

要是这次的再次搜查行动被搜查一课的人知道了,想必双方的矛盾会更加激化。所以,寺田聪无论如何都得避重就轻地蒙混过去。

"请问,您父亲是一个怎样的人呢?"

"我父亲很忙。他经营着一家贸易公司,总是晚上9点多才到家，那个时候我都已经洗完澡准备上床睡觉了。因为工作的关系，他经常会出国，回来的时候还会给我们带一些来自不同国家的特产。"

"您的母亲呢？"

"妈妈很温柔，我几乎从未见过她发脾气的样子。就连我那幼儿园的小伙伴们都经常满脸羡慕地对我说：'英美里的妈妈真好啊，总是那么温柔。'"

英美里微笑着，继续说。

"妈妈总是和我一起讨论肚子里的是男孩还是女孩。因为我的好朋友有一个弟弟，所以我便跟妈妈说希望宝宝是个男孩子，但妈妈却希望宝宝是个女孩，这样，宝宝就能和我做一对像她和小姨那样的好姐妹了。"

"看上去妈妈和小姨的关系很不错嘛。"

"是啊，虽然她们是完全相反的两种性子。"

"小姨是个怎样的人呢？"

"她啊，可以算是个社交达人，很活泼。她总是给我带来一些绘本啦，毛绒玩具之类的好东西，还经常陪我一起玩。即便是对当时还很年幼的我，她生起气来的时候也毫不含糊。总之她就是这样的一类人，很爱笑，我也很喜欢她。因为有过两次出国留学的经历，所以她的英语非常棒，我也跟她学过不少英语呢。当然，都是些幼儿能学的单词，比如熊是bear啦，兔子是rabbit啦……也就是这之类的吧。"

"听说你小姨当时又准备去留学了？"

"嗯。她说过'这段时间暂时不能陪小英美里一起玩了，很抱歉呢'。"

"那你知道她打算去哪里留学吗？"

"不知道。毕竟那时候我才五岁,连'国家'的概念都很模糊。"

"关于小姨的交往对象,她跟你提起过多少呢?"

"没有,她一次都没有提起过……事情发生之后的那一两年里,警方曾多次造访收留我的儿童福利院,向我询问知不知道关于小姨交往对象的细枝末节。当然,他们并没有直接使用'交往对象'这样的问法,而是委婉地问我:'你知道小姨有没有要好的朋友呀?'当时,我还不能理解警方这么问我的用意,甚至还觉得有些不可思议,搞不懂警方为什么会问那样的问题。"

是时候提出绯色冴子让问的那个问题了。

"因为我现在还没有孩子,所以不太了解,好像幼儿园有一种保育制度,就是在放学之后提供延时服务,直到傍晚之前都可以把孩子留在那里照顾是吧?你们幼儿园也是这样的吗?"

突然被问到一个匪夷所思的问题,英美里显得很是困惑。

"嗯……应该是这样的。"

"在暑假期间也可以吗?"

"我记得是可以的。因为我记得自己在小班的时候,有过一次暑假被送去幼儿园的经历,好像是因为妈妈有什么事情。"

"你的意思是说,在集体外宿结束后的暑假,你曾经有过一次在7月里被送去幼儿园托管的经历?"

英美里闭上眼睛,像是在回忆遥远的过去。

"……就像你说的那样,确实有过,那是我好朋友的妈妈和我妈妈一起商量的结果。她们商量好在7月的同一天把我们托管到了幼儿园。不过,你为什么会问这个问题?"

"没什么,请别往心里去。"

实际上,就连寺田聪自己都不知道问这个问题能有什么意义。

"以上，我想要请教的问题就只有这么多了。"

"百忙之中还前来造访，要不要顺便看一下我的摄影展再回去呢？"

英美里微笑着说。

"非常感谢，我很感兴趣。"

出了咖啡馆，两人一起回到了地下画廊。接待处的工作人员对英美里说："有位女士想要见您。"英美里对寺田聪说了句"请自便"，就朝向一位看上去彼此相当熟悉的白发女士走了过去。

画廊并不太大，里面差不多有五位游客。大家都兴趣盎然地注视着挂在墙上的展品，寺田聪也开始悠闲地欣赏起来。

所有展品拍摄的都是些民家，几乎没有人物的存在，就只是各种各样的房子。小小的，破旧的房子。新建小区里并排的整齐划一的居民楼。不知里面有多少个房间的豪宅……

拍摄时间也各不相同。有护窗板紧闭的清晨，有阳光洒在晾晒衣物上的白天，有家中墙壁被晕染上暮色霞光的傍晚，也有深夜里从窗帘缝隙中透出的万家灯火。

虽然各不相同，但每张照片都有它们的共同之处——那就是，深深的怀念。不管是已经破旧到让人觉得都无法居住的地步，还是冷冰冰地排列在一起的整齐划一的房子，它们终究都是对于某个人来说不可替代的家。那种感觉十分浓郁，简直就像是施了魔法。

——在我的取景器的对面，始终都在追寻着那个梦中遗落的光景。

有那么一个瞬间，英美里文章中的一个段落浮现于脑海。不知不觉间，寺田聪的眼角竟微微泛着些泪光。简直是太狼狈了。

4

话虽如此，可绯色冴子为什么要将英美里写的文章作为搜查资料之一呢？坐在返回市中心的电车里，寺田聪绞尽脑汁地思索着这个问题。

莫非文章里记录了能够破案的重要线索？寺田聪又把文章翻来覆去地重读了好几遍，依然不明就里。

突然，寺田聪的脑海里灵光一闪，浮现出一个大胆的假设。

这个案子真正的凶手，会不会就是当时年仅五岁的英美里？

据说在弟弟或妹妹即将出生的时候，大一点的孩子都会产生一种强烈的嫉妒心理。英美里会不会就是因为过于嫉妒，所以才在热水壶里掺入了大量氰化钾呢？只不过英美里自己并不知道氰化钾是能够致死的毒药，只以为它能让人生病而已。也许她只不过想着要是妈妈生病了，那么肚子里的宝宝也一定会跟着一起受苦吧。可结果是，本田夫妇和晶子在喝了掺入氰化钾的开水冲泡的红茶之后，一并中毒身亡了。

不过，在案发时间里，英美里拥有参加幼儿园集体外宿活动的不在场证明，所以不可能放火。或许，是晶子的前男友在本田夫妇和晶子死后来到本田家，然后又放了火吧。

出于谋害亲人的罪恶感，以及自己意料之外的家破人亡的双重打击，英美里选择了保护性遗忘——忘却了自己曾经使用氰化钾投毒的这个事实。

这么想来，就不难理解绯色冴子为什么将英美里的文章作为搜查资料之一了。不管怎么说，这都是犯罪嫌疑人写下的随笔，自然属于重要的搜查文件之一。

不过，这个假设也存在一些疑点。比如说，一个五岁的孩子是如何得到氰化钾的呢？

对此，寺田聪的脑海中浮现出了一个更加大胆的设想。会不会是哪个大人故意骗英美里说"这是能让人生病的药哦"，然后把氰化钾交给了她，而英美里天真地相信了这个谎话，所以才在热水壶里投了毒？借着孩子无辜的手，大人却完成了犯罪。

那么，这个大人是谁呢？首先，这个人应该与英美里关系亲密，对她有一定的影响力。其次，这个人有杀害本田夫妇和晶子的动机。

符合第一个条件的，最有可能的当然是英美里的父母和小姨了。不过这么做的话，一不小心连自己也会毒死，所以他们应该不会教孩子投毒。如此一来，能够想到的可疑人物就是幼儿园的老师了。如果是老师的话，英美里应该就会天真地选择相信了吧。

不过，若是幼儿园的老师，又是否具有杀害本田夫妇和晶子的动机呢？

这时，寺田聪想到了英美里文章中的一句话——我像往常那样牵着妈妈的手向幼儿园走去。这么看来，幼儿园应该就在本田家附近，否则就应该是乘坐校车或骑自行车接送孩子。而不是步行去上学了。

据说东京二十三区内的很多幼儿园都苦于园所面积太小，费心费力地想要吞并附近的土地搞扩建。毕竟，一旦园所面积扩大，就能够解决校车的停车问题，也就可以面向更大的地域范围招入更多的学生了。

说不定，凶手正是因为想要得到本田家的土地而去询问夫妇俩是否有出售意向，不料却被断然拒绝了？这倒也不难理解：若是公司不景气也就罢了，可本田章夫经营的公司业绩相当不错，完全没必要靠卖掉世田谷区最佳地段的住宅艰难度日。

可是，凶手无论如何都想要得到本田家的这块土地，于是便动了杀心，使用了这个最后的杀手锏。本田夫妇自不待言，连晶子也要预谋除掉。因为即便本田夫妇死了，作为英美里监护人的小姨，说不定也会拒绝出售土地。

于是，凶手将氰化钾交到了年幼的英美里手里，教唆她投毒，给她天天把即将出生的宝宝挂在嘴边的爸爸妈妈和小姨一点小小的教训。案发当天早上，英美里在去幼儿园之前便把毒药投入了水壶。

凶手的计划圆满成功。当天下午，本田夫妇和晶子相继毙命。不料晶子的前男友随后来到本田家，随手放了把火将现场烧了个一干二净。这对凶手来说反倒更加方便了。如果凶手的计划是将本田家的土地转而用于幼儿园扩建，有地上房屋反倒碍事。

想到这里，寺田聪不禁摇了摇头。这个设想简直太异想天开了。不过，也并不是绝无可能。

那么，凶手到底是哪一个幼儿园老师呢？

若说对英美里有影响力的话，那么幼儿园里的每一位老师都有可能。但若要考虑到想要动用本田家土地的这个条件，那就非园长莫属了。毕竟，只有园长才会负责幼儿园的运营计划。

寺田聪又想到了英美里文章中的一句话。

——白发苍苍的园长一脸慈祥地对我说："爸爸和妈妈暂时有点事情来不了了，英美里再和老师玩一会儿好吗？"

在慈祥面容的背后，园长也一定在为计划的得逞而暗自庆贺吧。

作为搜查一课的一员，居然能提出这种天马行空、脱离实际的假设，真是没谁了。不过，也许这就是八个月来一直在绯色冴子手下工作，思考问题的方式也在潜移默化中受到熏陶的结果吧。

一回到犯罪资料馆，寺田聪就迫不及待地将自己的假设全都说了出来。

原本还以为绯色冴子会举双手赞同，谁知她冷不丁地撂下一句话就否定了一切。

"这不可能。"

"不可能？虽然确实有些天马行空……"

"听好了。如果凶手打算杀死本田夫妇和晶子的话，就应该力求让他们三个同时毙命。再者，三人同时喝茶的时机，除了吃饭时就是下午茶时间。在这两个时间之外，大家都是各自喝各自喜欢的东西，爱喝咖啡的就去喝咖啡，爱喝茶的就去喝茶。按照你的假说，园长让英美里在热水壶中投毒的时间是早上出发去幼儿园之前，那个时候大家应该早就吃完饭了，但距离吃午饭还有很长的一段时间。要是中途有人口渴了，按照自己的喜好去泡咖啡、泡茶喝，应该当时就毙命了，而剩下的人看到的时候一定会立刻报警的吧。指望他们三个直到午饭之前都滴水不进，肯定是不现实的。"

"那么，如果氰化钾没有放进水壶里，而是掺到了红茶中呢？"

"氰化钾是白色的粉末，掺到红茶中的话一眼就能看出来。要是掺进白色茶包里的话倒是不太容易被发现，但五岁的小孩儿应该做不了这么精细的活，除非凶手事先就对茶包做了手脚然后教唆她调包。不过，让五岁的英美里来承担如此复杂的犯罪计划，真的太危险了。只要她说漏一句话，凶手就会马上暴露。如果凶手的动机真的是想要本田家的土地，应该不会去冒那种风险。"

"……说得也是。那么，馆长您怎么看？"

5

"我觉得凶手选择了投毒这一方式很奇怪。"

"此话怎讲？"

"即便凶手自备了氰化钾，但按理说他应该也不太清楚本田家里有没有适合投毒的饮品。如果打定主意，万一谈判破裂就杀害对方，一般也会选择刀具、钝器或是枪械当作凶器。况且投毒这种手段只适用于对凶手完全不设防的对象，也就是说，凶手应该是被毒害人所信赖的人。可是从一开始，本田家的人应该就对晶子的前男友有所防备吧。

"如此想来，我认为凶手不可能是晶子的前男友。虽然朋子嘴上对邻居主妇说什么妹妹的前男友为了求复合而纠缠不休，自己为了商量对策而打算把他们两个叫到家里来之类的话，实际上她自己心里很清楚，根本就没有什么前男友要来访吧。这一点，让我深感怀疑。很显然，她是在说谎。但她为什么要说谎呢？难道说，她就是那个凶手？"

"……朋子是凶手？"

"站在毒杀的角度细细想来,其实朋子才是最理想的投毒者。若要在喝茶的时候同时毒死几个人,就必须保证大家几乎同时喝下有毒的茶,也就是说,凶手要保证在泡茶到喝茶的间隙里投毒。不过,泡好茶后,要在大家的眼皮底下投毒简直比登天都难。所以,在端出茶之前投毒就是最好的下毒时机。能够做到这一点的,就是本田家的主妇——朋子。"

"听你这么一说,确实很有道理。不过,朋子在红茶里加入氰化钾之后和丈夫、妹妹一起喝下的话,三个人不就一起死了吗?在这种情况下,又是谁用汽油点了最后的那把火呢?"

"朋子没有必要和妹妹、丈夫同时服毒。她只需要假装喝茶,等妹妹和丈夫相继毙命之后再洒上汽油点火,完事之后再服毒自尽就好了。等火焰烧上身的时候,朋子已经像她的丈夫和妹妹那样毒发身亡了,所以在烧伤之中也不会检测出生理反应。"

"但是,朋子为什么要杀害自己的丈夫和妹妹,随后又自杀呢?毕竟她丈夫的公司业绩不错,夫妻关系也很和睦,又有一个备受疼爱的女儿,第二个孩子也即将出生……怎么想都找不到产生杀人的动机吧?"

"确实,朋子没有产生杀意的动机。不过,只要在某个问题上稍稍转变一下思路,就能明白杀意从何而起了。"

"只要在某个问题上稍稍转变一下思路?"

"这个问题就是:怀孕的人到底是谁?"

寺田聪头脑一阵发蒙,一时竟无言以对。

"上个星期,为了总结案件的概要,我在阅读搜查资料的时候就发现了奇怪的一点。"

"奇怪的一点?"

"朋子怀着英美里的时候,晶子恰好在美国留学。朋子怀上二胎的时候，晶子又要去留学了。"

"这难道不是个偶然的巧合吗？"

"也许是吧。可是别忘了，姐姐已经怀孕了，还有个上幼儿园的孩子需要照顾，这段时间肯定有许多需要帮忙的地方。姐夫在公司又业务繁忙，经常很晚才到家，根本就指望不上。姐妹俩的父母和姐夫的父母又都早已去世，也没有其他亲戚可以依靠。如果她们姐妹俩的关系真的像英美里口中说的那样好的话，晶子应该会晚两年再出去留学吧？而且，这已不是晶子第一次出国留学了，而是第三次。所以我很难想象，她为什么会那么急着去美国。"

"这么一说，也不无道理。那么，馆长您是怎么想的呢？"

"所谓留学，就意味着从日本消失。这件事情竟然与朋子怀孕的时间出奇地一致，我脑海里不禁浮现出一个假设。"

"什么假设？"

"怀孕的其实是晶子。至少最后的那次留学计划，纯粹是为了隐藏晶子怀孕的秘密而制订的。说是留学，其实是想以留学为借口隐居，这么一来，就算自己怀有身孕，但因为身在国外，也不会被日本的亲朋好友们发现。"

寺田聪似乎已经意识到了绯色冴子的弦外之音。

"难道说，英美里是晶子第一次留学时怀上的孩子吗？那么案发当时，朋子所谓正怀着的二胎，其实也是在晶子的肚子里？"

"你说对了。六年前，在朋子'怀上'英美里的那段时间里，十九岁的晶子恰好在美国的缅因大学留学。与此同时，作为贸易公司社长的章夫应该也会经常去美国出差。可能就是在那段时间里，章夫去找了晶子，两个人还发生了关系。这样做的结果就是晶子怀上了孩子，也就是英美里。

"发现自己怀上了孩子，晶子便告知了姐姐和姐夫。三个人紧急商量之后，决定让晶子把孩子生下来交由本田夫妇抚养，本田夫妇会对这个孩子视为己出。

"朋子当即向周围的邻居宣布自己怀孕了，然后装模作样地去妇产科产检，随着孕期的推进甚至还往自己的衣服里塞东西做大肚子。

"而晶子则时不时地悄悄回国——当然，这都是短期的，借着姐姐的名义和母子健康手册去医院做产检，每次产检的结果也记录在那上面。孩子出生以后，在很多场合都会用到母子健康手册，所以一定得伪造好这本手册。

"晶子在缅因大学留学的时候，后半年几乎没怎么上课，甚至连宿舍都给退了，是因为肚子越来越明显了吧。

"临盆之前，晶子结束留学回到日本，以姐姐的名义住进医院的妇产科。那个时候，朋子也掐准时间谎称住院，随后离开了家。恐怕就连本田章夫也假扮成晶子丈夫的样子陪伴在侧吧。生下孩子之后，晶子就在章夫的陪伴下抱着孩子出院了。此后，朋子便和晶子换回了自己原本的身份，抱着孩子回家了。

"虽然章夫和晶子口口声声地向朋子辩解说这个孩子只不过是一时冲动的产物，两人绝不会再犯，但实际上他们两个一直没有分开，甚至关系还愈发亲密了。

"然而，六年后的1992年，晶子又一次怀上了章夫的孩子。章夫和晶子也再一次地向朋子挑明了实情。朋子知道，自己要再一次上演替他们养育孩子的戏码了。

"晶子又开始向周围的人宣称自己近期还要去美国留学，因为当时已经怀孕三个月了，肚子也越来越大，眼看就要藏不住了。

"不过因为有了英美里的存在，朋子在编造谎言的时候也得考虑怎样才能瞒得过她。上次晶子怀上英美里的时候，朋子只需要在自己家外面装成孕妇就好了；而这次为了骗过英美里的眼睛，在家也得装成孕妇的样子。等到胎儿月份再大一些的时候，恐怕连给英美里洗澡的工作都得交给章夫来完成吧。"

"但是，朋子为什么要这么做呢？"

"也许是因为自卑吧。比如说，朋子自身是不易受孕的体质。所以，当章夫提议让她把妹妹生下的英美里当作自己的孩子来抚养的时候，她也无力反驳。

"然而，默认自己丈夫和妹妹的亲密关系，还得给她们两个抚养孩子，对于朋子来说，没有比这更屈辱的事情了。年复一年，她一直默默地承受着这般屈辱。当她听说晶子和章夫有了第二个孩子的时候，忍耐终于达到了极限。

"如果朋子是那种歇斯底里的性格，能对丈夫和妹妹的行径破口大骂的话就好了，但她偏偏不能。她始终都没有被嫉妒冲昏头脑。忍无可忍之下，她所能做的唯一的一件事情，就是杀死自己的丈夫和妹妹。

"不过，如果妹妹怀孕的尸体被发现，通过比对胎儿和章夫的DNA，胎儿是丈夫孩子的真相就会大白于天下。如此一来，自己对丈夫和妹妹的嫉妒犯罪动机就显而易见了。对于心高气傲的朋子来说，是无论如何都无法忍受这样的事情发生的。

"于是，她想——如果在给家里放一把火之后，自己也同时服毒自尽，那么妹妹的尸体也会一并被烈焰吞噬。如此一来，死后，自己和妹妹的身份就会反转，所有人都会认为怀孕的那个人其实是自己。毕竟烈焰缠身，谁又能辨别出烧焦尸体的容貌呢？这种情况下，尸体的年龄推断也只能以十年为单位，朋子和晶子在年龄上只差七岁，完全有偷梁换柱的可能。"

"朋子和晶子的身份就这么反转了……"

寺田聪茫然地念叨着。真的有这种可能性存在吗？寺田聪想起了案件的搜查资料，回想着从烈焰的废墟中确认三具尸体身份的过程。

首先，从齿型可以确认出，那具男性尸体就是本田章夫。接下来确认的是怀孕女性的尸体。通过DNA比对，确定胎儿和章夫有亲子关系，而两名女性的DNA比对结果则显示二者是姐妹关系，从而也就确认出那名没有怀孕的女性尸体就是晶子。

然而，所有人都被刻意隐瞒的孕期假象所欺骗了。因为真正怀孕的人并不是朋子，而是晶子。因为隐瞒了怀孕，所以朋子和晶子的身份也就自然而然地被混淆了。

一方面，朋子让周围的人误以为自己怀了孕；另一方面，晶子则隐瞒了自己怀孕的事实。在1992年案发当时，DNA鉴定技术已经在刑侦领域广泛应用，关于这点经常可以从报纸或电视新闻中有所见闻。也许朋子就是通过这些渠道了解到了一些关于DNA鉴定的知识。

绯色冴子用低沉的声音继续说道：

"朋子的犯罪，从表面上看是针对本田一家的灭门案件。为了隐藏犯罪动机，最好一开始就捏造出一个对章夫、朋子夫妇和晶子都有杀人动机的犯罪嫌疑人形象。于是朋子就对邻居家的主妇编造出了一番'妹妹的前男友为了求复合而纠缠不休，自己为了商量对策而打算把他们两个叫到家里来'之类的借口。因为平日里章夫和附近的主妇并没有什么交集，所以无需担心这番话会传到章夫的耳朵里去。

"晶子怀孕三个月后，差不多也是肚子开始明显变大的时候了。用不了多久，她就会以留学为借口，远离熟人、走出国门。真要那样的话，就很难再有机会杀死晶子了。要想杀死晶子，现在就是最好的时机，而且作案时英美里不能留在现场。而满足一切作案条件的日子，就是英美里去参加幼儿园集体外宿活动的7月11日。"

"……原来如此啊。我终于明白您让我询问英美里那个问题的用意了。根据文章内容，英美里自小体弱多病，据说在参加集体外宿的前一天还因为感冒而请了假。如果英美里在集体外宿那天还无法痊愈的话，朋子就无法实施犯罪了。况且计划还不能拖延太久，无论如何都得在晶子出国之前的7月份完成。为此，她必须保证即便英美里无法参加集体外宿，也能预留出不在家的候补日……所以您才让我去询问英美里有没有在7月里被托管在幼儿园的经历。如果有的话，便为朋子凶手假说提供了旁证。"

绯色冴子嘴唇微微一歪，这就是她的微笑啊。真是难得一见。

"案发当天，朋子把晶子请到自己家里来，往丈夫和妹妹的红茶里掺入了氰化钾，让两个人毒发身亡。此后，她在餐桌上放了四个茶杯，伪造成晶子的前男友前来造访的假象。在餐厅里浇上汽油点火之后，她自己也立刻服下了氰化钾。

由于氰化钾是速效毒药，所以朋子很快就毙命了。当烈焰烧上身来的时候，朋子已经死亡。所以，和章夫与晶子的尸体一样，朋子的尸体也没有检测出生理反应，这样就不会有人怀疑了。而且这么一来，她也不会感受到烈焰焚身的痛苦了。恐怕，这就是她选择氰化钾进行毒杀的原因吧。"

根据文章记载，朋子在和英美里一起洗澡的时候，总喜欢让她抚摸自己的肚子，微笑着说："肚子里有个小宝宝哦。"想象一下朋子当时的内心活动，寺田聪不禁感到毛骨悚然。

想到自己死后也会被烈焰焚身，而自己和妹妹的身份也将因为这场烈焰完成反转——策划并实践着这场犯罪的朋子，其实早就被对丈夫和妹妹的憎恨给逼疯了吧。

没有让年幼的英美里跟着一起殉葬，也意味着朋子对英美里还有一丝残存的爱意。这，也是这个案件中唯一的救赎所在。

可就在这个时候，寺田聪的脑海里闪过了一个阴暗的念头。

朋子之所以会放英美里一条生路，会不会是想要留下她证明自己确实怀孕的证据？朋子在英美里面前展示了假扮怀孕的各种演技，想方设法地让英美里坚信自己肚子里有个小宝宝。如果这个孩子能够幸存下来，一定会对搜查员说出这番话，这么一来，朋子的伪装就会得到进一步的力证。

为此，朋子一定要让英美里活着。

因为如果那样的话，她的阴谋就能够得逞了。读了文章就会发现，即便在案件发生了二十一年之后的今天，英美里对朋子怀孕的事实依然没有丝毫怀疑。在那场烈焰残存的梦境中，她依然能够看见小弟弟或小妹妹加入自己大家庭的幸福光景。

无疑，这昭示着朋子的伪装取得了圆满成功。绯色冴子之所以要将那篇文章作为搜查文件之一来对待，是因为这篇文章本身，就是凶手成功实施计划的证据之一。

"妈妈、爸爸、小姨、我，还有宝宝。我一直在寻找那个平凡却引人怀念的家。"——一直以来，英美里都在取景器的对面追寻着这样的光景。然而，那不就是她的"母亲"一手创造的海市蜃楼吗？

至死不渝的追问

1

房间的角落里，有一个柜子，上着锁。

打开柜门，里面是一个孤零零的白色骨灰罐。

取出骨灰罐，打开盖子，灰白色的骨灰映入眼帘。那是父亲的骨灰。

我凝视良久。

有一个问题，我无论如何都想要去问清楚。遗憾的是，骨灰并不会说话。

我是在父亲的打骂中长大的。父亲对我说话从来毫不客气，也从未表扬过我。从我记事以来就一直这样。

令我更加痛苦的是，在我上小学二年级的时候，母亲因为父亲的家暴跟别人私奔了。

母亲长得非常漂亮。她很喜欢华丽的东西，与沉默寡言的父亲截然相反。也许正是出于这个原因，他们两个人经常吵架。父亲每次喝醉酒之后都会喋喋不休地骂母亲"婊子"。

母亲弹得一手好琴，在家里开了钢琴培训班，而她的私奔对象，就是前来上课的一个大学生。从那之后，她就再也没回来过。对她来说，恋人比孩子重要得多。

从那以后，父亲的家暴就变本加厉，他骂我是"婊子养的"。一直到那件事发生为止。

自从那件事发生之后，我和父亲处于一种特殊的休战状态。

之后，在我高一的时候，父亲因为在酒馆里跟人争吵打架被杀。此后，我就被收留在一个远房亲戚家里。我把父亲所有的遗物全都扔掉了，只留下了他的骨灰。从今以后终于能过上正常的生活了，我不禁感慨道。

我想让过去成为过去。

然而，事与愿违，过去从不会被轻易遗忘。原以为已经彻底遗忘的光景，又在心底悄然复苏。

为了将过去彻底埋葬，有个问题我无论如何都要问清楚。只要能弄清楚那个问题，我就能彻底逃离过去的阴霾。

然而，骨灰是不会说话的。

怎样才能弄清楚问题的答案呢？

我该怎么办……

2

助理室墙上的挂表指向了下午5点半。

寺田聪正在给工作台上的证物贴二维码标签，他看了一眼表，停下了手中的工作。今天就到此为止吧，反正这些工作也不是特别着急。这是一宗二十多年前案件的证物，等到明天再继续处理吧。

寺田聪把证物全都收进证物盒，放回了保管室，然后去了馆长室，打个招呼说自己要下班回去了。绯色冴子只是抬起头来看了一眼寺田聪，什么也没说，又把目光投向了桌面上的文件。寺田聪已经完全习以为常了。

这时，馆长室的电话响了起来。

"是的，犯罪资料馆。"

绯色冴子拿起电话，低声回答道。她默默地听着，不一会儿，眉毛隐约地皱了起来。居然能让雪女都皱起了眉头，电话里到底讲了什么？

绯色冴子说了声"知道了"，便放下电话，抬头看了看寺田聪。

"搜查一课的人要过来，说要来取一宗未侦破案件的证物和搜查文件。1987年12月9日，在调布市的多摩川河岸发现了一具二十四岁男性受害者的尸体。"

"1987年？那是二十六年前啊。这样的话，已经过了公诉时效了，为什么搜查一课又要接手？"

根据2010年的刑事诉讼法修正，杀人案的公诉时效已经废止。另外，在2004年的刑事诉讼法修正中，公诉时效从十五年延长到二十五年。但是，这起案件发生在1987年，那么2004年和2010年的修正都不适用。

"今天早上，在同一地点又发现了一具男性尸体。尸体特征和犯罪现场都跟二十六年前的那个案子十分相似。搜查一课认为，是同一犯人所为的可能性极高。"

"同一犯人所为？"

寺田聪感到身体里每个细胞都兴奋了起来。现代科学搜查水平较二十六年前有了显著的进步。当时，案发现场没能发现的一些信息，说不定能从现在的犯罪现场捕捉到。虽说这对本次的受害者有些不公，但是他的被害也确实为抓捕逃犯提供了一次绝佳的机会。

这时，寺田聪突然想到自己已经不是搜查一课的成员了，不能再加入搜查本部参与搜查了。

不过，即使不在搜查本部，只要有证据和搜查文件，寺田聪就有可能对二十六年前的案件进行搜查。到目前为止，寺田聪已经在犯罪资料馆工作了十一个月。在这段时间里，绯色冴子通过再次搜查侦破了三起悬案和一起因嫌疑人死亡而侦结的案件。在这四起案件中，寺田聪悉数听从绯色冴子指挥，负责调查问询。

那这次还是一如既往地服从安排吧。

"如果搜查一课的人现在从警视厅出发,到这里得6点左右。在他们来之前,我去复印一下吧。"

但是,绯色冴子给出了非常令人意外的回答。

"为什么?"

"……什么为什么,不就是为了通过再次搜查在搜查一课之前查明真相嘛。证物和搜查资料就这样被拿走的话,馆长您不觉得遗憾吗?"

"并没有什么可遗憾的啊。我们犯罪资料馆的职责就是保管证物,如果其他部门需要证物的话,当然要提供给他们。之前我们也曾多次为再次搜查和案件复审提供相关证物材料。"

"确实如此……但是,二十六年前没有现在这么先进的科学搜查技术,而现在的案件可以用新技术侦破,这是旧案告破的绝佳机会。"

"那么,这个案件交给搜查一课就好了。未侦破的案件还有好几百起呢,没有必要着急去复印搜查资料,也没有必要揪住这个案件不放。"

"与二十六年前的案件那么相似,竟然用同样的手法作案,这到底是为什么,难道您对此不感兴趣吗?"

"要论感兴趣的话,每件悬案都有独特之处。如果你想复印的话,那就去吧,我不阻拦你。"

绯色冴子说完,又把目光投向了桌面上的文件。对话就这么结束了。寺田聪叹了一口气,离开了馆长室。他的那种兴奋瞬间消失得无影无踪。

诡计博物馆　225

三十分钟后，门卫大塚庆次郎通过内线电话告知寺田聪搜查一课已经到达。寺田聪实在不想和老东家搜查一课打交道，但也没办法，于是怀着沉重的心情走向大门口。

　　此时，门卫大塚庆次郎正要拉开滑动式的大门。大塚庆次郎已经七十多岁了，寺田聪不由得想上去帮忙。不过，寺田聪转念一想，那样做的话，会让大塚觉得自己年老不中用了而不高兴，所以决定作罢。

　　三辆搜查一课的车开进了停车场。这里只有四个停车位，其中一个停车位上停着犯罪资料馆的那辆破旧小货车。停车场一下子挤得满满当当。

　　车门陆续打开，搜查一课的人下了车。来的人正是第三强行犯搜查第八系的人，都是寺田聪十一个月前的同事，他的心情更加沉重了。

　　"啊，寺田。好久不见，谢谢你出来接我们。"

　　香坂伸也巡查部长打招呼道。他和寺田聪同龄，级别也一样，互相视为竞争对手。他狐狸般消瘦的脸上浮现出嘲笑的笑容。

　　第八系的系长今尾正行警部没有说话，一直盯着寺田聪。寺田聪有些惧怕，但还是瞪了过去。

　　今年2月，绯色冴子再次搜查了十五年前的悬案——中岛面包公司恐吓·社长遇害案。那时刚调到犯罪资料馆的寺田聪，在绯色冴子的指示下搜集证据侦破了案件。她追查到的嫌疑人正是今尾正行读警察学校时的同学，也是他的挚友。绯色冴子在给嫌疑人，也就是刑警鸟井，打电话揭穿真相后，鸟井便递交了辞呈并自首。在那之后，今尾正行就给寺田聪打了电话。

——那个吊车尾的高级公务员压根就不知道鸟井有多优秀，只为了打发无聊就把他送上刑场让人羞辱。而你，肯定也没少帮忙。听好了，我是绝对不会放过你的！

——你现在还妄想着哪天重新回到搜查课是吧？放心，我是不会给你这个机会的！

今尾正行和寺田聪一言不发地凝视着彼此的异样气氛，让香坂和其他搜查员都露出了诧异的神情。

这时，最后一个下车的男人走了过来。那个男人六十岁左右，相貌端正，脸部轮廓立体深邃，脊背挺直，感觉像是一位剑术高手。他就是搜查一课课长山崎杜夫警视正。

根据警视厅的传统，搜查一课课长均由非高级公务员人士担任。因为如果没有长年积累的现场搜查经验，就无法统率人员庞大的搜查一课。对于搜查岗位的非高级公务员人员，搜查一课的课长职位可以说是和总部部长并列的终极职位目标。

搜查一课课长亲自前来，让寺田聪感到非常吃惊。正如绯色冴子所说，犯罪资料馆经常为再次搜查和案件复审提供保管的证据材料，因此搜查一课课长完全没有必要亲自来取吧。

"先向馆长打声招呼，给我带路吧。"

山崎课长说。寺田聪引导着一行人走进犯罪资料馆。山崎和今尾一起走进馆长室，其他搜查员在走廊等候。

雪女站了起来，应付着点了点头。

山崎开口说话了：

"绯色警视，刚才电话里也说过了，今天早上，在调布市的多摩川河岸发现了一具男性受害者的尸体。尸体和现场的状况都酷似二十六年前的福田富男杀害案。极有可能是同一罪犯所为，请允许我领取之前案件的证据和搜查文件。"

"完全一样吗？能说一下具体细节吗？"

"有六点相同之处。首先，被害人的年龄一致，均是二十四岁；其次，弃尸现场完全一样，这次弃尸地点和二十六年前仅有几米之差；第三，尸体的呈现方向一样，都是面朝下趴着；第四，致命创伤位置均在头部，且均为钝器所伤，都疑似长方体的角部所致；五是死亡推定日期和时间一样，均是12月8日晚上9点到10点之间；六是被害人毛衣袖子上都沾有被害人以外的血迹，很有可能是与被害人争执时受伤的凶手的血。在二十六年前的案件中，虽然公布了被害人的年龄、死亡推定日期和时间及袖子上沾有血液，但是尸体遗弃现场的详细位置、尸体是俯卧还是仰卧，关于钝器的形状并没有公布。尽管如此，凶手还是再现了二十六年前的状况。只能认为是同一人作案。"

"明白了，确实像是同一人作案。"

馆长冷淡地说，然后把保管室的钥匙交给寺田聪。

寺田聪走到走廊，打开馆长室对面的保管室，开门走了进去。

保管室里空气非常舒适，处在这种环境里让人感觉很舒服。所有的保管室都安装了价格高昂的空调设备，一年四季温度保持在22摄氏度，相对湿度55%，这自然造成了高额的电费。

这间保管室大约有三十平方米，摆放着好几排架子，上面放满了证物盒，里面是一件件装在塑料袋里的证物。每一宗案件都有单独的证物盒，大案件可能需要多个证物盒，也有可能需要十几个。

福田富男案仅有一个证物盒，应该不是大案件。

"我想确认一下里面的东西，哪里有桌子？"

山崎如此说，寺田聪便搬着证物盒，把搜查一课的人带到了助理室。助理室仅有十几个平方米，中间是工作台。房间的一角放着电脑桌和椅子。壁纸脏兮兮的，不禁让人怀疑从犯罪资料馆建成以来就没换过。这座建筑物里只有保管室进行装修，其他房间只是马马虎虎地改造了一下。为了保管好证物，大部分预算都花在了保管室上，所以其他地方能省则省。

"这就是你的办公室？很不错的地方呢。"

香坂阴阳怪气地说道。他应该是看到了放在桌子旁边寺田聪的公文包。寺田聪没有搭理他，把证物盒放在了脏兮兮的工作台上，然后戴上手套，打开证物盒，将里面的证物一一摆在工作台上。

这时，隔壁馆长室的门打开了，绯色冴子走了过来。果不其然，她还是挺在意这起案件的。

证物寥寥无几，仅有受害者的内衣、长袖衬衫、毛衣、裤子、手表和钱包，没有外套之类的衣服。案发时间是12月，却没有穿外套，那么被害人应该是在室内被杀害，然后被弃尸到多摩川河岸的吧。证物里也没有作案用的钝器。

寺田聪取出毛衣时，发现左袖上有血迹。刚才山崎课长说的毛衣袖子上沾着不属于被害人的血迹，就是指的这里吧。

搜查一课的搜查员确认完证物后，寺田聪将证物装回证物盒。香坂将证物盒抱起来。

"关于昨晚发生的案件，能不能告诉我一些详细情况？"

寺田聪无意中问道。他只是下意识问了出来，根本就没期望得到回应，一说完就后悔了。香坂略带戏弄地笑着回答道：

"不好意思，除了课长说的，无可奉告。你是外人。"

"……外人？"

"对啊，你是外人。你要是泄露了重要案情，让媒体曝光，那可就麻烦了。难道你忘了自己把搜查资料落在现场，然后被传到网上的事了？拜托，不要再给搜查一课添麻烦了。"

寺田聪只觉头脑发烫，等回过神来时已经抓住了香坂的胳膊。香坂失去了平衡，抱着的证物盒摔到了地上，发出了巨大的声响。

"别干蠢事了！"

寺田聪被以前的同事们擒住，按在了墙上。

香坂拍了拍被寺田聪拉皱的袖子，抱起证物盒。以前的同事们眼里浮现出怜悯的神情。今尾系长冷冷地瞪着寺田聪。

"走吧。"

山崎课长说道，好像什么事都没有发生过一样。搜查一课的搜查员们往走廊里走去。绯色冴子什么话也没说，回到了馆长室。助理室仅剩寺田聪一人。

一种前所未有的无力感向他袭来。

3

第二天早晨，寺田聪在家里兼做餐厅的厨房里一边吃着储备的吐司面包，一边打开了电视。

电视里，记者站在河岸边，神色凝重地讲述着，好像是在报道昨天那起凶杀案。寺田聪顿时觉得胸口沉闷，想要关上电视，但还是硬着头皮看了下去。

被害人叫渡边亮，二十四岁，法智大学经济学部的研究生，硕士二年级在读。尸体是在调布市位于染地附近的多摩川河岸被发现的，系头部被钝器殴打致死，死亡推定时间为12月8日晚上9点到10点之间。由于现场没有发现被害人的外套之类的衣物，所以应该是在其他地方被杀害，然后被弃尸到河岸。河岸上有车辆开过的痕迹，所以尸体很有可能是由汽车运送过来的。杀人现场现在还不明确，警方已对受害者位于八王子市的公寓进行了搜查，公寓在五楼，而且还安装了监控，要从那里搬运尸体极其困难，所以公寓应该不是案发现场。经过血液检测，毛衣袖口沾着的血迹为O型血，而受害者的血型为A型，且没有出血伤口，所以血迹不是被害人的。被害人性格正直，在研究室的人缘很好，周围人对他评价很高，真不知道为什么会被杀害。

电视画面切换到了演播室，一位年龄较大的男主持人说道：

"实际上，在二十六年前，在同一个地方也发现了一具被杀害的尸体。而且，被害人的年龄、杀人手法、死亡推定日期和时间都与本次案件完全一样。更加离奇的是，二十六年前的案件中，受害者的毛衣袖子上沾有极有可能属于犯罪嫌疑人的血迹，而本次案件中，被害人的毛衣袖子上也沾有不属于被害人的血液。所以，搜查本部认为是同一犯罪嫌疑人所为，正在进行搜查。"

接着，主持人向在河岸的现场记者问道：

"如果是同一犯罪嫌疑人所为，那么为什么会在二十六年后再次作案呢？搜查本部对此有什么说法？"

"目前还不清楚，我将在新闻发布会上提这个问题。"

"被害人毛衣袖子上的血迹鉴定有结果了吗？是不是与二十六年前的属于同一个人？"

"现在正在调查中，还要过几天才能知道结果。"

寺田聪看了一眼墙上的挂表，快到上班时间了。他关掉电视，站了起来。

寺田聪用犯罪资料馆的客户端检索CCRS系统，想看一下二十六年前案件的相关资料。

案件名为"调布市多摩川河岸杀人弃尸案"。1987年12月9日，在调布市多摩川河岸发现一具他杀年轻男子尸体。被害人叫福田富男，二十四岁，头部有被长方体钝器击打的痕迹，推定死亡时间为12月8日晚上9点至10点之间。被害人毛衣的左侧袖子上沾有O型血迹，尸体并无出血部位。通过化验，被害人的血型为B型，所以确定袖子上的血迹来自他人，极有可能是与被害人争执时受伤的犯罪嫌疑人的血。因为被害人尸体上无御寒衣物，弃尸现场附近也没有发现类似衣物，故应该是在室内被杀害后，用车运送到河岸被弃尸。搜查员调查了被害人位于府中市的住宅，没有发现打斗痕迹，应该不是犯罪现场。

福田富男高中辍学后，曾在游戏厅当过店员，但因经常无故缺勤，被开除了。案发时，他处于无业状态。他性格粗暴，到处惹是生非。虽然嫌疑人很多，但是都有不在场证明，所以无法确定凶手。

CCRS系统里的信息只有这么多。

看完这些信息后，寺田聪想，自己为什么要查这些东西呢？证物和搜查文件都被搜查一课拿走了，根本无法开展搜查。适可而止吧，该跟曾经的梦想做个了断了。

4

两天后，也就是12月12日，上午9点多。寺田聪像往常一样在助理室给证据贴二维码标签，这时门卫大塚庆次郎打来了内线电话，说是警视厅的监察官来访。

监察官？

为什么监察官会来这里？寺田聪想不出来。监察官的工作职责是监察警察内部职务犯罪。难道犯罪资料馆有人有职务犯罪？但是，在这种没什么预算，也没什么人员的闲职单位，又会有什么样的职务犯罪呢？

打开大门，一个身材瘦小，脑袋却非常大的男人站在门外。

"我是监察官兵藤英辅，请多关照。"

他微微一笑，露出了两颗虎牙，然后打开镶着警徽的警察证给寺田聪看。警察证上写着警视厅警务部监察室·首席监察官，警衔是警视正，比寺田聪高四级。

兵藤有四十岁左右，身体消瘦，看上去手无缚鸡之力。还有，因为他头大，给人一种头重脚轻的感觉。他眼睛凹陷，鼻子滚圆，嘴唇肥厚，难以想象这五官是怎么拼合在一起的。四十岁左右就是警视正，肯定是高级公务员吧，但完全没有这类人的气质，也看不出来具有丰富经验的老到。说白了，要不是有警察证，根本不会认为他是一名警察。非要说看起来像什么的话，更像是神话故事里的地精哥布林。

虽然身为警视正，却只身一人前来，没有任何随行人员。为什么不带些部下随从前来监察呢？

"请带我去见馆长，谢谢！"

兵藤说完，寺田聪便带着他往里走。这时，清洁工中川贵美子正好拿着拖把从洗手间里走出来，她呆呆地看着监察官。

寺田聪把兵藤带到馆长室后，准备回助理室。兵藤却说："你也这边坐吧。"有什么情况吗？寺田聪不知道，只好坐了下来。

即便是监察官来访，绯色冴子也没做出任何反应，继续看文件。寺田聪为她捏了一把汗，兵藤比她高一级，至少应该礼节性地站起来不是吗？何况兵藤还是监察官。

"好久不见，绯色。上次联系还是2月通电话的时候呢。"

兵藤用非常亲切的口吻说道。看来他们是老熟人。但是，雪女瞥了一眼兵藤，冷淡地点了点头。兵藤苦笑道：

"还是那么高冷，这才是绯色。"

"您有什么事吗？兵藤警视正。"

"咱们是同学，就不要这么客气了。"

寺田聪想起了2月在搜查中岛面包公司恐吓·社长遇害案时，绯色冴子曾经说过"在监察室有认识的人"，应该说的就是兵藤吧。

兵藤说着就坐到了房间角落里的沙发上，紧接着皱起眉头说：

"这是什么沙发啊，也太破旧了。给你换张新的吧。"

"不用了。到底有什么事？你一个人来的话，应该不是监察。"

"就是想你了，这么说你信吗？"

绯色冴子默不作声。兵藤语气变得认真起来，说道：

"其实，我有件事想拜托你。"

绯色冴子把文件放到一边，认真听了起来。

"12月9日在调布市多摩川河岸发现了一具男性他杀尸体，你应该知道吧。"

"搜查一课认为这与二十六年前的案件为同一犯人所为，刚从这儿取走了证物和搜查文件。案件调查得怎么样了？"

"希望你能帮忙调查这起案件和二十六年前的案件。"

寺田聪无论如何也想不到兵藤会说出这样的话。为什么监察官会前来委托调查这两起案件？雪女眯起了眼睛。

"你是怀疑凶手就在二十六年前案件的搜查人员之中吗？"

兵藤露出那两颗虎牙，忍不住笑了。

"真是聪慧敏锐啊，正是如此。"

"啊，什么意思？"寺田聪不明白为什么会得出这样的结论。

绯色冴子将目光转向了寺田聪。

"正如三天前山崎课长所说，搜查一课根据两起案件的六点相似特征，认为二十六年前的案件和现在的案件是同一犯人所为，事实真的如此吗？"

"但是，尸体特征和现场情况几乎完全一样啊……"

"这就是问题所在。被害人的年龄、犯罪时间、杀人手法、弃尸地点、尸体状况都一样。这起案件就是二十六年前案件的完美再现，即使是同一犯人也会忽略的细节都完全重现了。不仅如此，二十六年前的案件中被害人的毛衣袖子上的血迹很可能是凶手的，这显然是个偶然。然而，凶手连这偶然的情节都再现了。从偶然发生的事都再现这一点来看，可以考虑到模仿犯的可能性。"

"……模仿犯？"

"对。本次案件中的凶手可能把二十六年前杀人案中的凶手视为英雄，想完全模仿所崇拜的凶手也说不定。或者，通过模仿二十六年前的杀人案，让人觉得是同一个犯人，想逃避嫌疑或者是隐瞒真正的动机。但是，如果是崇拜先前案件凶手的模仿犯，先前案件一般都是比较轰动的大案。只有轰动一时的大案，才会被模仿犯模仿，为的是获得先前案件同样的关注度。但是，二十六年前的这起案件非常普通，没有值得关注的地方。从这一点上考虑，凶手之所以模仿二十六年前的案件，应该是为了误导搜查员，摆脱嫌疑。从这个角度考虑，应该比较妥当。"

"但是，如果是模仿犯，这起案件的凶手是如何知道二十六年前案件的作案手法和详细细节的？据山崎课长说，虽然二十六年前的案件中公布了被害人的年龄、死亡推定日期和时间及袖子上沾有血液，但是尸体遗弃现场的详细位置、尸体是俯卧还是仰卧、钝器的形状并未公布。尽管如此，凶手还是再现了二十六年前的状况。那么，凶手是怎么知道这些未公开信息的？"

寺田聪这才理解了兵藤和绯色冴子刚才的对话内容。绯色冴子接着说：

"从凶手能够再现未公开的犯罪细节来看，我们可以推断出有两种可能性。第一种可能是，本次案件的凶手从二十六年前的案件凶手那里得知了作案手法和犯罪现场，但是能把细节准确再现到这种程度吗？第二种可能是，本次案件的凶手就在搜查人员

诡计博物馆

中，可能是二十六年前案件的搜查员，或者是并未参与搜查，但能接触到搜查文件和CCRS系统的人。"

兵藤点点头，表示赞同绯色的推断。

"凶手可能就在搜查员之中。还有一点，负责二十六年前案件调查的搜查员中有好几个还在搜查一课。搜查一课课长山崎杜夫也是当年的搜查员之一。"

"搜查一课课长是……"

寺田聪有些茫然，但也明白了兵藤此次前来的原因。

"并不是说搜查一课课长就是嫌疑人，但是也不能排除泄露案件信息的可能性。所以，这起案件还需要搜查一课之外的人参与进来。"

"因为犯罪资料馆揪出过内鬼，就该冲上去，成为你们监察室的挡箭牌？"

兵藤苦笑了一下。

"你还是不要推托了。监察室不善于刑事案件搜查，而你虽然不在搜查岗位，但搜查能力超群。经过了解，原来在搜查一课的寺田巡查部长也非常善于搜查工作。你们今年一年就侦破了四起案件，仅凭你们两个人就能如此，我深感佩服。所以，拜托你了，请接受我的请求，好吗？"

"我可以帮这个忙，但条件是，我能自由查阅搜查一课二十六年前案件的证物和搜查文件，并且要及时告知我当前案件的搜查状况。"

"在搜查一课中，有几个人是监察室的眼线。我可以让他们私下复印搜查文件给你，当前案件的搜查进展可以随时从他们那里了解。但是随时查看证物确实很难。"

监察室的眼线，说穿了不就是间谍吗，搜查一课竟然潜伏着这样的人,寺田聪哑然。

绯色冴子面无表情地回答道:"好吧。"她的声音没有任何语调起伏,简直就像是机器的声音。

"关于当前这起案件,三天前搜查一课山崎课长只是简单说了一下情况,你先告诉我们搜查进展吧。"

兵藤把案件详细情况说了一遍,不过几乎与10日早上电视中的报道别无二致。

"……被害人毛衣右袖上沾着O型血,但被害人身上没有出血部位,所以这血迹不是被害人的。凶手是在12月8日的深夜至9日凌晨之间弃尸,搜查员正在调查多摩川河岸的可疑车辆有没有目击者,不过现在还没有目击证人。杀人动机也不清楚。渡边亮为人正直,研究室对他评价很高,教授也很喜欢他。他还有一份兼职工作,当高中补习班的英语老师,在那里人们对他评价也很好。他是相当正直的一个人,也没有人听说他在谈恋爱。到现在为止,无法锁定任何嫌疑人。"

"如果当前案件中凶手是模仿犯,那么凶手应该是利用同犯误导搜查员来逃避嫌疑。也就是说,凶手杀害渡边亮的动机非常明显,如果不用模仿的手段,立刻就会暴露,才模仿先前的案件逃避嫌疑。所以,如果我们推断的模仿犯结论成立,那么杀人动机很快就会浮现出来。"

兵藤耸了耸肩。

"的确是这样,但是到底是什么动机呢?不管怎样,从渡边亮的个人品行方面是找不到什么线索了。"

"既然搜查本部沿着同犯方向搜查,那么应该会调查比较渡边亮和二十六年前福田富男的人际关系交集吧。如果是同犯的话,应该是在两人人际关系交集内的人。他们的调查结果怎么样？"

"两个人的人际关系没有任何交集。况且，二十六年前福田富男被杀害时，渡边亮还没出生呢。认识福田富男的人里也许有认识渡边亮的人，但现在还没有找到这样的人。福田富男高中就辍学了，是个无业的小混混，渡边亮是研究生，认识福田富男的人之后再认识渡边亮的可能性不高吧。从这方面讲，可以支撑模仿犯的假设。不过，因为刚开始搜查不久，说不定只是还没有找到……"

"这两起案件中，被害人衣服上的血液比对结果怎么样？"

"科学搜查研究所进行了DNA鉴定，确定不是同一人。"

"两者之间有血缘关系吗？"

"据说没有。"

"能鉴定出性别和年龄吗？"

"据说都是男性。但是，现在的技术还鉴定不出年龄。"

"搜查本部采用同犯假设，而当前案件中被害人衣服上也沾有血迹，他们如何解释？在二十六年前的案件中，凶手受伤致使血液沾到了被害人衣服上，在当前案件中，凶手也因受伤致使血液沾到被害人衣服上，不管怎么说，这也太偶然了吧。"

"在当前案件中，凶手让被害人衣服上沾上血迹是为了扰乱搜查。因为二十六年前的案件中，凶手是因为不小心才在被害人衣服上沾上了血迹，所以当前案件中凶手为了扰乱搜查，也在被害人衣服上沾上了血迹。还有一种可能是，二十六年前案件中凶手也是为了扰乱搜查而把其他人的血液沾到被害人衣服上，搜查本部是这么解释的。"

监察官兵藤离开后,寺田聪便被绯色冴子安排到国会图书馆去查阅相关材料。刚走出助理室,就碰到了拿着拖把的中川贵美子。她满脸好奇地问:

"刚才那个人是谁啊?世上还有长得这么奇特的人?"

"他是警视厅的监察官,好像和馆长还是同学呢。"

"同学?那个人也是高级公务员吗?和馆长站在一起简直就是美女和野兽啊。"

应该是雪女和地精,寺田聪本想这么说,但又觉得太幼稚,就作罢了。

中川贵美子目不转睛地看着寺田聪,说:

"哎呀,总感觉你变得精神了,声音也洪亮了,是不是有什么好事?"

"没有,没什么。"

寺田聪嘴上这么说,但是心想应该是兵藤委托开展搜查的缘故吧,说明自己骨子里就是一名搜查员啊。

"哎呀,不管怎么说,感觉你前几天有点不在状态,现在你状态好了就好。"

是吗?寺田聪苦笑了一下。

"你穿着大衣是要出去吗?"

"嗯,要去国会图书馆。"

——请帮忙去调查一下报纸、杂志上是怎么报道二十六年前案件中血迹位置的。把案件发生后一年内的全国主要报纸和杂志全部查一遍。

离开馆长办公室时,雪女如是说。

"嗯，加油！"

中川贵美子一边说着一边送寺田聪出门。

这一天，寺田聪待在国会图书馆查阅报纸和杂志，一直到晚上7点图书馆关门为止。这项工作十分烦琐无味，而且累得眼睛生疼，到最后得出的结论就是所有的报纸和杂志都报道了毛衣袖子沾着血迹。但是，这是在案件调查前就已经知道的事实。

寺田聪刚走出国会图书馆，就用手机给犯罪资料馆打了电话。不出所料，绯色冴子还没有下班。寺田聪把调查结果汇报了一下，她只是说了一句"辛苦了"，就挂了电话。寺田聪完全不明白绯色冴子调查这些期刊报纸的目的是什么。

"你到底在想什么？"

寺田聪情不自禁地埋怨道。路上的行人面露不快地看着寺田聪，飞快地从他身边走过去。

5

第二天，13日下午2点，警视厅总部九楼的新闻发布会现场，长条桌和椅子成排摆满，各大媒体的新闻记者都挤在里面，估计有三十多人。本来，渡边亮这起案件只是一桩普通杀人案，一开始各个媒体都觉得没什么值得报道，但是自从搜查本部公布说这两起案件是同犯的可能性很高后，就引起了媒体的极大关注。

这天早上，寺田聪刚到犯罪资料馆，就被绯色冴子安排参加下午的新闻发布会。不过，雪女如此安排的目的，还是像往常一样只字未提，只是说要把现场情况事无巨细地报告给她。

山崎课长爽快地同意让寺田聪参加新闻发布会。估计是山崎觉得既然都向媒体公开了，让"赤色博物馆"知道案情也无妨。

寺田聪找了一个不显眼的角落坐下来。在搜查一课时认识的几个报纸记者，真是火眼金睛，一下就发现了他，都露出了惊讶的神色。

"这不是寺田先生吗？您怎么来了？"

最先跟寺田聪打招呼的是东邦新闻的记者藤野纯子。她四十

诡计博物馆 243

岁左右,儿子还在上幼儿园。

"据说这起案件与二十六年前的案件可能是同一嫌疑犯,犯罪资料馆移交了之前案件的证物和搜查文件,所以我也来了。"

虽然说得生硬牵强,不过藤野纯子似乎已经理解了。

"这样啊。对了,两个月前承蒙您的关照,我才写出了一份不错的新闻报道。"

两个月前,她打电话说想采访犯罪资料馆,寺田聪就带她参观了一下。当然,证据和搜查文件的保管室是不允许普通人进入的,所以就带她参观了除此之外的其他场所。

"那位美女馆长最近可好?"

"嗯,挺好的,多谢关心。"

"那么漂亮的人真少见啊。"

"谁是美女?谁?"

在旁边的关东新闻的秋田恭平凑过来问道。他有三十七八岁的样子,留着胡须。

"三鹰市犯罪资料馆的馆长。"

"哇,真的很漂亮吗?有机会去采访一下。"

"随时都可以。"

寺田聪笑着说,心想在雪女面前最好不要被冻着。

这时,广播员宣布"新闻发布会现在开始"。藤野纯子和秋田恭平都绷紧了脸,回到了各自的座位上。

搜查一课课长山崎和案件属地的调布市警署署长从门口走到了主席台上,然后坐了下来。主席台上摆放了一排麦克风。

寺田聪忽然想到,兵藤说负责二十六年前案件的搜查员中还有好几人在搜查一课任职,搜查一课课长就是其中之一。绯色冴子安排寺田聪来参加新闻发布会,是不是想让他从山崎课长回答记者问题时，挖掘出只有凶手才知道的事实？

一般来说，"只有凶手才知道的事实"是指"只有案件搜查的相关人员知道，而其他人不知道的事实"。如果一般人说出此类事实，那么会被认定为凶手。

但是，这次嫌疑犯是相关搜查人员，即使他说出了此类事实，也不能推定为凶手，因为他本身是搜查人员，就能知道此类事实。那么，在这种情况下，"只有凶手才知道的事实"必须是"连搜查有关人员都不知道，只有凶手才知道的事实"。如果山崎课长在回答记者时说出了一些搜查还没有查明的事实，才是"只有凶手才知道的事实"。

但是为了判定，必须准确掌握目前搜查已查证的事实是什么。今天早上，兵藤给犯罪资料馆发送了一封二十六年前案件的PDF格式搜查文件。在新闻发布会开始之前，寺田聪通读了一遍。至于当前案件的最新搜查进展，昨天从兵藤那里打听到了。不过，能不能从搜查一课课长的言辞中发现"只有凶手才知道的事实"，寺田聪也没有把握。

记者们开始一个接一个地向山崎课长提问。

"渡边亮被害的原因找到了吗？"

"两位被害人之间有什么联系？"

"凶手为什么在二十六年后再次作案？"

记者们接连不断地提问，山崎对任何问题都是回答"目前无可奉告"。棱角分明的脸上浮现出苦涩的神情。前面的问题刚结束，东邦新闻的藤野纯子问道：

"关于这两起案件，我想问一下被害人毛衣袖子上的血迹问题。我们目前已知的是两个血迹的血型都是O型，且为男性，现在的技术手段还无法鉴定年龄。昨天新闻发布会上说科学搜查研究

诡计博物馆

所正在鉴定两份血迹是否为同一人，现在结果出来了吗？"

山崎的脸色稍微缓和了一些，可能觉得终于有能回答的问题了吧。

"结果出来了。不是同一个人。"

"那两人是否有血缘关系？"

"你的意思是？"

"比如说，可能是父子或祖孙之类的关系？"

"很遗憾，还不知道。"

"有这方面的调查计划吗？"

"暂时还没有。"

藤野纯子的脸上浮现出失望的神色。

实际上，昨天兵藤曾说警视厅科学搜查研究所已经检测出了两份血迹之间没有血缘关系。不过，进行血缘关系鉴定很有可能存在人权问题。二十六年前案件中的血迹属于凶手的可能性极高，调查当前案件中的血迹是否来自同一人是符合规定的。但是，调查两者是否有血缘关系，就等于调查凶手的亲属，已经超出了犯罪搜查中DNA鉴定的使用范围。所以血缘关系鉴定不能随便公开。

山崎课长反问道：

"为什么会考虑两者之间是否有血缘关系？"

"虽然搜查本部认为两起案件是同犯，但我还是有些疑问。"

难道她会提出搜查内部人员的模仿犯假设吗？寺田聪有些紧张起来。

山崎脸上露出了感兴趣的神情。

"哦？东邦新闻是认为这不是同一凶手作案吗？"

"不，不是东邦新闻认为，而是我个人的观点……同一凶手的话，怎么会在二十六年这么久的时间之后才再次作案呢？"

"但是这两起案件十分相似。"

"所以我才会想到是父子或者祖孙之类的关系。二十六年前作案的是父亲或者祖父,现在作案的是儿子或者孙子。子孙从父辈那里知道了二十六年前作案的详细手法,如果可能的话就能准确地模仿出来。"

记者们顿时一片哗然。寺田聪想,原来藤野纯子是这么想的。如果是父子或者祖孙如此密切关系的话,那么二十六年前的凶手是可能将之前的作案手法详细地告诉当前案件的凶手的——可以想象,讲得越详细,就能模仿得越完美。这样一来,即使不是搜查内部人员,也能进行完美的模仿。

山崎脸上露出了笑容。

"真是个有趣的想法。要不要考虑来搜查本部上班?"

记者们哄堂大笑。山崎继续说:

"当然了,搜查本部认为二十六年前案件中凶手并非有意在被害人衣服上留下血迹,而当前案件中,凶手是为了扰乱搜查而故意在被害人衣服上留下血迹。"

藤野纯子好像还有问题,不过她点头表示"明白了"。

寺田聪想,这是血缘关系模仿犯假设,那么绯色冴子会怎么看待这个假设呢?回去后得问她一下。

接下来,搜查一课课长继续回答记者提出的问题。不过,山崎的言语中似乎没有"只有凶手才知道的事实"。

"你到底在想什么啊?"

寺田聪自言自语,埋怨着不在现场的绯色冴子,周围的记者纷纷投来异样的目光。估计他们认为寺田聪被降职到犯罪资料馆受到了不小的打击,连行为都变得古怪了。

诡计博物馆　247

寺田聪回到犯罪资料馆，把新闻发布会情况如实向绯色冴子汇报了一遍。绯色冴子微微眯起了眼睛，看来寺田聪的汇报很有价值。

"我觉得血缘关系模仿犯假设很有意思，馆长怎么看？"寺田聪问道。

绯色冴子面无表情地说："说起来是很有意思，但是不可能。"

"为什么？"

她没有回答，而是说：

"把兵藤警视正叫过来吧。案件真相大白了。"

6

一个小时后。首席监察官兵藤一边抱怨着沙发一边坐下了。因为坐在兵藤旁边会很压抑，所以寺田聪决定站着听。

绯色冴子的声音非常低沉。

"当前案件看起来是完全模仿二十六年前的案件。但是，有一点不同，那就是被害人毛衣袖子上血迹的位置。"

"血迹的位置？"

"搜查一课来提取二十六年前案件的证物和搜查文件时，寺田聪为了进行证物确认，把证物全摆到了助理室的工作台上。那时我发现被害人福田富男毛衣上沾有血迹的是左袖。CCRS系统中案件信息也是这样记录的。另外，兵藤警视正，根据你所说，当前案件中被害人渡边亮的毛衣上沾有血迹的是右袖。请注意左袖和右袖。凶手模仿了二十六年前案件的其他要素，为什么唯独没有模仿血迹的位置呢？"

寺田聪不知道，兵藤也露出了不知为何的神情。

"如果当前案件的凶手是搜查内部人员，亲眼见过当年的现场或者查看过搜查文件和CCRS系统，那么模仿二十六年前案件时应该不会弄错血迹的位置。然而，当前案件的凶手并没有正确再现血迹位置。能想到的可能只有一个，那就是虽然凶手知道二十六年前案件中被害人毛衣袖子上沾有血迹，但是不知道到底是在左袖还是右袖。而搜查内部人员肯定知道血迹的位置，所以，当前案件的凶手不在搜查人员之中。"

"不是搜查人员……"

之前的搜查方向如此轻易地被推翻了，寺田聪茫然若失。

"确实如此，你说得对。"

兵藤认真考虑了一下说。

"如果不是搜查人员，就没有必要进行监察了，这倒也挺庆幸的……"

"尽管当前案件的凶手不是搜查人员，但是凶手能把除了血迹位置之外的要素全都模仿出来。也就是说，除了血迹位置，凶手对二十六年前案件的其他要素掌握得非常准确。这样的人都会有谁呢？"

"除了血迹位置之外的其他要素全都知道？难道……"

"这样的人只有一个，那就是二十六年前案件的凶手。"

"——二十六年前的凶手？真的是同一人犯案？"

难道，结果还是搜查一课的推断是对的？

"如果与二十六年前案件是同一凶手，那么凶手对弃尸现场的详细位置、尸体是趴着还是仰着、钝器的形状都了如指掌。另外，血液沾到被害人衣服上完全是偶然事件，当时凶手根本没注意到。因为不管血迹是否来自凶手，都会成为破案的线索，如果是凶手的血迹，就会暴露凶手的血型；如果不是凶手的血迹，那就是凶手作案现场的人，而且是与凶手有关的人，也会暴露那个人的血型。所以，如果凶手当时发现了血迹，必定会把被害人的衣服处理掉。但是凶手并没有处理，说明凶手当时并没有注意到血迹，认为已经把证据处理妥当。之后，凶手通过案件的新闻报道才知道被害人衣服袖子上沾有血迹。但是，新闻并没有报道血迹是在左袖还是右袖，所以凶手不知道血迹的正确位置。"

寺田聪这才明白绯色冴子为什么派他去调查报纸、杂志上是怎么报道血迹位置了。那些报纸、杂志只报道了毛衣袖子上沾有血迹，但是没有报道是在左袖还是右袖上。而且，电视、广播的报道内容和报纸、杂志一样。

兵藤说："但是，如果是同一凶手的话，凶手为什么要在二十六年后完美再现先前的案件呢？本来，我之所以认同模仿犯假设，是因为当前案件大体上完全模仿了二十六年前的案件，而同一凶手不可能出现这种偏差。绯色，你也是这么认为的吧。如果是同一凶手，为什么要模仿自己先前的案件？如果不能合理解释这一点，那么同一凶手的假设也有问题。"

"你说得对。如果不是模仿犯而是同一凶手，我们就要解开凶手为什么模仿自己这个谜团。为什么要模仿自己的案件？为了解开这个谜团，我们先考虑一下模仿二十六年前的案件会产生什么样的结果。这才是凶手的真正意图。"

"会有什么样的结果呢？"

"搜查本部将两起案件视为同一凶手所为。然后，会推测被害人衣物上的血迹是凶手的，接下来会调查比对二十六年前的凶手是否与当前案件的凶手是同一人。"

"是调查血液是否相同吗？"

"准确地说，未必只是想让警视厅调查一下是否相同。对两个血迹进行比较，可以大致分为同一人和非同一人两种结果。

再进一步，非同一人又可分为两类，一是非同一人，但有血缘关系；二是完全不相干的两个人。为了让警察确认属于这三种结果中的哪一种，凶手才模仿自己的案件，我觉得可以这样考虑：凶手为了与二十六年前被害人衣服上的血迹进行比较，所以在当前案件中在被害人的衣服上留下了血迹。

"还有一件事需要说明，二十六年前案件中被害人衣服上的血迹可能是凶手的，也可能是在作案现场且与凶手关系非常密切之人的。如果凶手此次作案的目的是进行血液比较，那么二十六年前案件中的血迹就不是凶手自己的，而是与凶手关系非常密切之人的。如果是凶手自己的血迹，就没有必要利用二十六年前案件中被害人衣服上的血了，直接用自己的血液就行了。而且，我们可以推断出，与凶手关系密切的那个人应该已经死亡，否则凶手可以直接取得血液。能获得的那个人的血迹，仅存于二十六年前被害人的衣服上。

"那么，凶手打算如何知道血液比对结果呢？是打算通过新闻报道吗？但是，媒体未必能获得血液比对结果。凶手为了得知这个结果而不惜再次杀人，如果到头来不知道结果，那岂不是白费工夫。与其如此，凶手最好从事新闻工作，那么在新闻发布会上就可以顺理成章地提问血液比对结果问题了。"

寺田聪恍然大悟。

"——所以才派我参加搜查一课的新闻发布会，就是为了调查有没有提问血液比对问题的记者。"

"没错。东邦新闻的记者藤野纯子就血液比对提出了质询。而且，她还特别问了两个案件中血迹之间是否有父子、祖孙的血缘关系，就是为了确认属于三种可能性中的一种——非同一人，但有血缘关系。

"她提出这个问题之后,又给出了子孙模仿父辈作案的假设,不过是为了掩饰'两起案件中血液是否有血缘关系'这个问题而已。子孙模仿父辈犯罪的说法很有独创性,如果真有可能的话,那将是独家新闻。她居然在新闻发布会上当着全场记者提问,是不是不合常理?正常情况下,为了制造独家新闻,应该私下问搜查一课课长吧?像她这样老到的记者不会不知道。所以她在新闻发布会上公开了子孙模仿犯这一假设,只不过是为了掩饰想得知两者之间的血缘关系这一真正意图罢了。

"我就是从这方面对她产生了怀疑。她也许是为了确认这两块血迹的主人是父子或祖孙关系才作案的。

"刚才,我们推断二十六年前案件中被害人衣服上血迹的主人应该已经死亡。藤野纯子想确认两起案件中血迹的主人之间是父子或祖孙关系,那么二十六年前案件中被害人衣服上的血迹应该是父亲或者祖父的,而当前案件中被害人衣服上的血迹应该是儿子或孙子的。而且,她应该能够很容易获得当前案件中所使用的血液。综合以上几个方面考虑的话,当前案件中的血迹应该来自她儿子,二十六年前案件中的血迹应该来自她的父亲。她应该是想知道两者之间是否有祖孙关系。"

兵藤歪了歪头。

"为什么想要知道这个呢?"

"她想知道自己是不是父亲亲生的。如果她父亲的血液和她儿子的血液鉴定为祖孙关系,那么她是父亲亲生的;如果鉴定为非祖孙关系,那么她就不是父亲亲生的。严格来说,如果她和父亲有血缘关系,但她和她儿子没有血缘关系,那么也会出现鉴定为非祖孙关系这一结果。但是,母子之间不同于父子之间,毕竟孩子是从自己肚子里生出来的,自己心知肚明,所以她和她自己

诡计博物馆 253

生的儿子之间不可能无血缘关系。因此，如果鉴定结果为非祖孙关系，那就说明，她不是父亲亲生的。"

"如果只是想确定与父亲之间的血缘关系，为什么不用骨灰呢？从骨灰中提取DNA和自己的DNA进行比较不就行了吗？"

"骨灰不行。因为火葬场800摄氏度到1200摄氏度的高温会彻底破坏DNA，所以骨灰不能用于DNA鉴定。如果是死于火灾的遗体，没有经过那么高的温度，可以用于DNA鉴定。但是，只要经过火葬场的高温，现在的技术还是无法进行鉴定。她应该带着骨灰去民营鉴定机构做过DNA鉴定，但是没有成功吧。

"最后，她思来想去，终于想到了唯一保存有父亲DNA的地方，那就是二十六年前留在被害人衣服上的血迹。但是，那件衣服作为证物保存在犯罪资料馆里，一般人拿不到。"

寺田聪说："……这么说，之前藤野纯子申请来犯罪资料馆做采访的真正目的，是想看看能不能把二十六年前案件中被害人的衣服偷出来。"

"估计是这样。那时她发现犯罪资料馆证物保管严密，根本无法偷取。于是，她想了一个让人意想不到的方法，那就是完美重现二十六年前的案件，在被害人衣服上沾上自己儿子的血液。因为二十六年前案件中的血迹鉴定为男性，她如果用自己血液，血迹鉴定结果则为女性。为了引导警察进一步比对两个血迹的DNA，就用了儿子的血。

"警察推断，二十六年前案件中被害人衣服上的血迹来自凶手，为了确定这两起案件是否为同一凶手，会进行DNA鉴定比较。如果藤野纯子为父亲亲生，那么两起案件中血迹的血缘关系就是祖孙关系。这样一来，她就可以确认自己是不是父亲亲生的，等于让警察在不知情的情况下为她做了亲子鉴定。

"她为了达到这个目的，完美模仿了二十六年前的案件。而二十六年前的案件只是一桩很普通的案件，没有什么引人注目的地方，也没有显著的惯犯作案特征。所以，她决定选择与二十六年前案件同样的时间、同样年龄的被害人、同样的弃尸现场、同样的凶器、同样的尸体状况作案，引导大家向同一凶手方向思考。"

这样就造成了凶手为何模仿自己作案的奇怪谜团。因为模仿得太过完美，所以搜查本部认为是模仿犯，真是讽刺。

"当前案件的被害人只是衣服上血迹的承载者，说白了，就是她进行DNA鉴定的血液载体而已，谁都可以承担。藤野纯子选择了一个和自己完全没有交集的人。这样一来，无论警察怎么调查被害人的人际关系，都无法找到凶手。她将自己儿子的血液沾在被害人衣服上，给搜查人员提供了重要的线索。但是藤野纯子和被害人没有利害关系，所以她确信自己不会被搜查人员盯上。这样的话，她使用儿子的血也没有任何问题。"

"话虽如此，可一旦搜查人员顺着这个线索查下去就完全败露了。"

"你说得对。但是，即便如此，她还是想知道自己和父亲到底有没有血缘关系。"

"事已至此，搜查本部在新闻发布会上没有公布血缘关系，想必她很失望吧。"

"嗯。不过，对她这样老练的记者而言，就算搜查本部没有公布，她也应该已经预料到搜查本部做了血缘关系鉴定。下一步，她应该会私下里找搜查一课课长打探出到底有没有血缘关系。"

"真是难以理解。"兵藤说。

"到底是为什么？为什么不惜杀人也要确认是否有血缘关系？"

绯色冴子摇了摇头。

"这个我也不知道，一定是只有她自己才知道的缘由吧……"

7

绯色冴子把搜查一课课长山崎和第八系系长今尾叫来，把自己的推理又复述了一遍。她把怀疑搜查人员的部分省略掉了。看来，她还是懂这种人情世故的。拜中岛面包公司恐吓·社长遇害案的破解所赐，今尾将绯色冴子视为眼中钉。因此，寺田聪一开始还担心今尾不会认同她的推理，不过看来是杞人忧天。今尾暗中取得了藤野纯子的儿子带有发根的头发，与渡边亮衣服上的血迹进行了DNA鉴定，鉴定结果属于同一人。所以，当前案件中衣服上的血迹来自藤野纯子的儿子，而最容易获得血液的就是藤野纯子。于是，藤野纯子因涉嫌杀害渡边亮被逮捕。她很快供认自己二十六年前杀害了福田富男。因为她已经完成了两种血迹比对的目的，所以可能不想再隐瞒了。

她丈夫是东邦新闻的同事，是驻美国的特派员。他担心儿子因其母亲是杀人犯而遭受欺凌，打算把儿子带到美国抚养。但是，他儿子知道母亲利用了自己的血液后，心理受到了严重的创伤。寺田聪期望心理疏导和时间能抚慰那幼小的心灵。

藤野纯子被逮捕两天后，山崎课长和今尾系长到访犯罪资料馆，把她的供词又详述了一遍。

原来，藤野纯子从年幼开始就遭受父亲的疏远、谩骂和家庭暴力，在她小学二年级的时候，母亲和人私奔了，此后虐待便越发升级。

在她中学三年级的时候，也就是1987年12月8日，发生了决定性的事情。

那天晚上8点多，父亲把一个叫福田富男的年轻男子带回家来。那个男人应该是父亲在常去的酒馆里认识的。福田富男贼眉鼠眼的，一看就是个流氓。一进家门，福田富男就用色眯眯的眼睛打量着她。她第一眼看到他就非常厌恶。

父亲和福田富男在客厅里待了没一会儿就又喝起酒来。她在自己房间里学习。突然，房门被打开了，福田富男两眼冒光地站在门口。就在她条件反射站起来的瞬间，福田富男一言不发地猛扑了过来。没费多大工夫，她就被按在了地板上。在她拼命抵抗的眼中，映出父亲站在门口淡然观望的身影。他醉得面红耳赤的脸上，只浮现出憎恶的神色。

——那时，我明白了，这是父亲为了虐待自己耍的新花样——让从酒馆里领回来的流氓蹂躏糟蹋我。

她继续拼命反抗着，感到有些棘手的福田富男喊道："帮帮我！"父亲走了过来。她胡乱挥舞着手臂，一下子拍到父亲脸上，父亲尖叫着跑开了。

福田富男听到父亲的尖叫，手松动的一瞬间，她趁机站了起来。刚一起身，她猛地抓住书桌上那块石头书立砸到福田富男的头上。一阵冲击感传至手臂，福田富男应声倒地。

她和父亲一时不知所措。父亲的鼻子流着血，也许是她刚才胡乱挥舞的手拍的。父亲终于缓过神来,走到福田富男身旁,战战兢兢地试了试脉搏,脸色煞白,小声自言自语道:"已经死了。"

父亲没有报警,因为如果报警的话,她会把父亲的所作所为全盘托出。于是,父女两人开着父亲的车,把福田富男的尸体从调布市佐须町的家里拉到多摩川的河岸弃尸。

——那晚发生的事情,至今还深深地印在我的脑海里。12月的午夜,寒冷刺骨,天空乌云笼罩,没有一点月色,寒风强劲,吹得河边的杂草沙沙作响。如此的夜晚,周围一个人也没有。我们把车停到河岸边,父亲把尸体从后备厢里拖出来放到地上。父亲大概是怕看到尸体的脸吧,让尸体俯卧在地上。我颤抖着看着这一切,然后我们就开着车回家了⋯⋯

从之后的新闻报道中得知,疑似凶手的血液沾在被害人的毛衣袖子上,她才知道那是父亲的鼻血。因为她自己没有流血,只能是父亲的鼻血。

——从那以后,我和父亲进入了停战状态。父亲也不再虐待我了,他是担心我跑到警察局把福田富男的事透露出来。虽然人是我杀的,但是福田富男毛衣上的血迹是父亲的,所以我说是父亲杀的,警察也会信。所以,父亲再也不敢虐待我了。

最后,警察也没有查到她和父亲这里来。那天,父亲和福田富男在酒馆刚认识,店员也很忙,估计也没有注意到他们两人在谈论的话题吧。

她和父亲特殊的休战状态,在一年后宣告结束。父亲因为在酒馆中与邻座产生摩擦,进而打闹,最后被刀刺死了。这种死法非常适合父亲,与他人一样毫无意义地死去。

她被远房的亲戚收养。她把父亲的遗物全部扔掉,只留下了父亲的骨灰。她终于解脱了，曾经虐待她的人，共有黑暗秘密的人，已经从世界上消失了。接下来，她读高中，度过美妙的大学生活，就职于心仪的报社。

接着她和同事坠入爱河，步入婚姻殿堂，五年后生了个男孩。黑暗的过去仿佛消失在遥远的他方。

——然而，事情远远没有结束。

不知不觉地，她开始虐待起年幼的儿子。儿子不听话的时候，哭闹的时候，她无比烦躁，开始暴打儿子。更加糟糕的是，丈夫被派遣到美国担任特派员，家里只剩下她和儿子。她一边从事新闻记者的工作，一边还得抚养孩子，压力很大。而她发泄压力的方法，就是虐待。

——据说，被父母虐待长大的孩子，自己成为父母的时候，也会虐待自己的孩子。我打心底里害怕，是不是我也变成了那样。

但是，她又想：父亲之所以虐待我，是不是因为我不是他亲生的？父亲总是骂私奔的母亲是"婊子"，还骂我是"婊子养的"。如果真是那样的话，或许我真不是父亲亲生的。如果我是父亲亲生的，他怎么会从酒馆随便带回一个男人糟蹋我？那时站在门口的父亲脸上只浮现出憎恶的神色。因为我是母亲出轨而生的孩子，所以父亲才憎恨我吧。

然后，在她的脑海中，形成了一个奇怪的逻辑。

父亲虐待我是因为我不是父亲亲生的。可儿子是我亲生的，所以我不能虐待儿子。

——如果能够证明我没有继承父亲的血脉，我就不用虐待儿子了。

虽然这个逻辑明显扭曲了，对她来说却是合情合理的。

要证明自己没有继承父亲的血脉，就需要进行DNA鉴定。能提取父亲DNA的，只有父亲的骨灰了。一开始，她带着骨灰到民间DNA鉴定机构，想与自己的DNA比对，却被告知说骨灰的DNA经过火葬场的高温已经被破坏了，无法鉴定。

——这个问题，无论如何都要问清楚。但是，骨灰是不会说话的。

不久，她就想到了唯一留存有父亲DNA的地方。二十六年前，她杀死的男人毛衣袖子上沾着父亲的鼻血。但是福田富男的毛衣作为证据已被移交到犯罪资料馆保管。她假装工作需要，到犯罪资料馆采访，想着能不能把毛衣偷出来。然而由于证据保管严密，偷出来是不现实的。

所以，她决定制造与二十六年前完全相同的案件，让警察进行DNA比对。

她搜罗了东邦新闻读者投稿信箱里的所有投稿，挑选住在东京且与福田富男一样二十四岁的男性。因为读者投稿时需要注明住址、姓名、年龄、性别、职业、电话等信息，通过这些信息筛选出了渡边亮。他认真、正义感强，曾多次向报社投稿，却因此被杀害了。

她先观察了一段时间渡边亮的活动情况，发现他的生活很有规律，只是来往于大学、打工的补习班和公寓之间，简单的三点一线。他没有恋人，夜晚总是一个人，是个最合适的下手对象。

她声称自己策划了一期介绍年轻研究生的连载报道，以接近渡边亮。他毫不怀疑，接受了采访。通过采访，她知道了他非常敬重一位著名的经济学家。她声称自己曾采访过那位经济学家，而且关系很好，并谎称有机会会把他引荐给那位经济学家。

然后，到了12月8日。晚上8点多，她给渡边亮打电话说那位经济学家正在自己家里，而且已经向其介绍了渡边亮的情况，经济学家表示希望见见渡边亮，但是经济学家很忙，明天还要去英国参加学术会议，只有今晚能见面。然后，她说马上开车去接，问渡边亮有没有时间。渡边亮非常高兴，立刻答应了。

她给孩子喂了安眠药，让他早早入睡，然后开车带渡边亮回到自己家里。进入地下停车场后，她从渡边亮身后用二十六年前一样的石头书立将其打死。她迅速把尸体藏到汽车后备厢里，朝多摩川河岸开去。然后，在之前一样的地方弃尸，把尸体摆放成同样的姿态，在毛衣袖子上沾上儿子服用安眠药后采集的血液。

——我觉得很对不起渡边，但是为了孩子，天下母亲可能都会这么做吧。

杀人后，她等着警察对两个血迹的DNA鉴定结果，并在新闻发布会上提问两者有没有血缘关系。

但是，最大的失算就是警察没有公布两者血缘关系的信息。于是，她下定决心，准备紧跟搜查一课课长追问。

就在这时，她被逮捕了。为了知道血液比对结果，她主动招供。

——拜托了，请告诉我，他们之间到底有没有祖孙的血缘关系？

她眼神里充满了期盼，乞求着说。搜查员感到十分惋惜和怜悯，回答说没有任何血缘关系。

——非常感谢，这样我就不用虐待儿子了，肯定不会了。

她的脸上露出了平静的微笑。

搜查一课课长山崎详述完后，对绯色冴子说：

"实际上，二十六年前的福田富男被杀案，是我被分配到搜查一课后经手的第一个案件。作为当警察之后的第一个案件，一直十分介怀。多亏了你找出真凶，压在我心中的那块巨石终于落地了。"

山崎深深地鞠了一躬，以示感谢。原来如此，寺田聪这才明白。当搜查一课课长亲自来犯罪资料馆领取证物和搜查资料时，寺田聪深感不可思议，事情的原委原来如此。

今尾同样也鞠了一躬，但是脸上毫无表情，对赤色博物馆的敌意是否有所缓和尚不得而知。绯色冴子轻轻点了点头。

寺田聪跟着从馆长室出来的山崎和今尾来到大门口，因为搜查一课课长要回去了，所以不能不出来送行。当然了，绯色冴子根本不想从椅子上站起来。

"……有劳了。"今尾嘟哝一声说。

"没事。"寺田聪回答道。

停车场里停着一辆搜查一课的车，香坂巡查部长坐在驾驶座上。

香坂从车里下来，为山崎和今尾打开了车门。他有些嫉妒地对寺田聪说：

"这个家伙，啊，应该也只是碰巧吧。"

"是不是碰巧，下次再看吧。"

香坂一边嘟囔着"不知天高地厚的家伙"，一边上车，开车离开了。寺田聪回到馆长室。绯色冴子像什么事情都没发生过一样，对刚侦破的案件没有任何感触，继续读着搜查文件。

"说起来，我无论如何都想不到会有'为了证明自己是不是亲生的'这种犯罪动机。"

"因为我以前也想过同样的事。"

绯色冴子喃喃地说。

"嗯？"

寺田聪不禁看着她。她是什么意思呢？难道她以前也想确认与父亲之间是否有血缘关系？

但是，她没再说什么，端着像雪女一样冷冰冰的脸，继续翻看着文件。

读客
悬疑文库

认准读客读悬疑,本本都是大师级。

专注出版中、英、美、日、意、法等世界各国各流派的顶尖悬疑作品。

为读者精挑细选,只出版两种作品:
经过时间沉淀,经典中的经典;口碑爆表、有望成为经典的当代名作。

跟着读客悬疑文库,在大师级的悬疑作品中,
经历惊险反转的脑力激荡,一窥人性的善恶吧。

扫一扫,立即查看悬疑文库全书目,
收集下一本精彩悬疑!

图书在版编目（CIP）数据

诡计博物馆 /（日）大山诚一郎著；吕平译 . — 上海：上海文艺出版社, 2020.6
（读客外国小说文库）
ISBN 978-7-5321-7609-0

Ⅰ.①诡… Ⅱ.①大… ②吕… Ⅲ.①长篇小说 – 日本 – 现代 Ⅳ.① I313.45

中国版本图书馆 CIP 数据核字（2020）第 047558 号

AKAI HAKUBUTSUKAN by OYAMA Seiichiro
Copyright © 2015 by OYAMA Seiichiro
All rights reserved.
Original Japanese edition published by Bungeishunju Ltd., Japan, in 2015.
Chinese (in simplified character only) translation rights in PRC reserved by Dook Media Group Limited, under the license granted by OYAMA Seiichiro, Japan arranged with Bungeishunju Ltd., Japan through Bardon-Chinese Media Agency, Taiwan.

中文版权 © 2020 读客文化股份有限公司
经授权，读客文化股份有限公司拥有本书的中文（简体）版权
著作权合同登记号 图字：09-2020-096

责任编辑：秦　静
特约编辑：宋　琰　王　品
封面设计：陈艳丽

诡计博物馆
［日］大山诚一郎　著
吕　平　译
上海文艺出版社出版、发行
地址：上海市闵行区号景路159弄A座2楼
电子信箱：cslcm@publicl.sta.net.cn
新华书店经销　三河市龙大印装有限公司印刷
开本 890毫米×1270毫米　1/32　8.5印张　字数192千字
2020年6月第1版　2025年3月第23次印刷
ISBN 978-7-5321-7609-0/I.6054
定价：39.90元

如有印刷、装订质量问题，
请致电010-87681002（免费更换，邮寄到付）